U0079920

STS

山田社

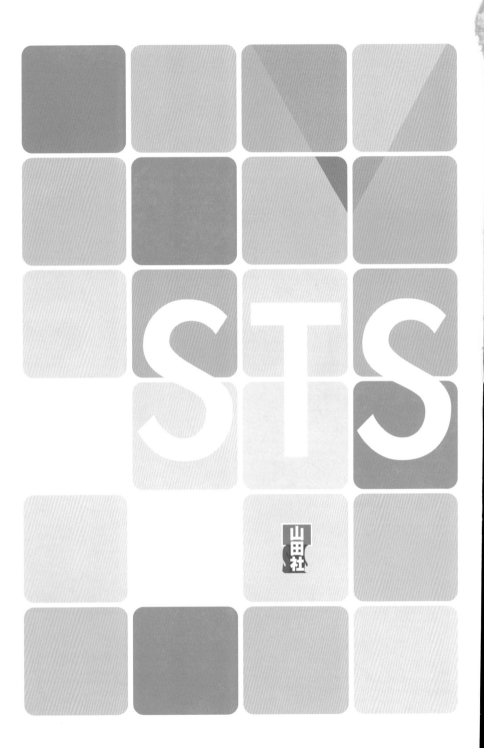

STS

山田社

7天學會365天用的
基礎英文法

山田社

英語老師私房教學
告訴你
獨創的「語順+單字任務」學習法
文法越學越輕鬆！

　　說到文法，大家一定感到很枯燥吧！《7天學會365天用的基礎英文法》告訴你與其硬著頭皮背文法，倒不如把文法說出來、寫出來，甚至利用文章讀出來！本書以「如何用英語及打好寫作、閱讀能力基本功」的觀點精心編寫而成的。

1.「語順+單字任務」一讀就上癮；文法圖像化，可愛無法擋！

　　每一項文法的語順，都有可愛的圖畫，讓你一看就知道句中單字的位置順序，跟所擔任的任務。這裡利用笑點十足、可愛的插圖漫畫，帶你「進入情節」同時把句子的語順，單字的任務，輕鬆「照」進記憶裡！可說是，史上最好懂！怎麼看就怎麼懂！例如：

主詞	動詞	間接受詞	直接受詞	……語順
話題	行為	人	事物	……單字任務
↓	↓	↓	↓	
I	gave	her	a flower.	
（我給她一朵花。）				

2.表格式文法比一比，整理清晰，一看就懂！

　　無論是動詞、形容詞的各種變化，還是名詞與品詞的功能與分析，本書都為您做出最清楚、最齊全又最簡明的文法比一比終極總整理。書中同樣導入圖表記憶的概念，透過比較，讓文法項目的意義，更容易瞭解，例如：

> I bought a flower.（我買了一朵花。）
> I gave her a flower.（我給她一朵花。）
> 分析：上句的動詞 bought（買了）的後面是受詞 a flower（花）。
> 下句的動詞 gave（給）後面有兩個受詞，her（她）跟 a flower（花）。
> 像這樣有兩個受詞時，要把給的人 her 放在給的東西 flower 的前面。

3.解說文字＋要點整理＝快樂又紮實，一本就夠！

　　害怕太過輕鬆快樂而鬆懈了認真學習的心情嗎？不必擔心！除了圖像之外，由英語教學經驗豐富的老師們所撰寫的解說文字，以最簡單、字數最精簡的文字，為你做最易懂的說明。

　　就這樣，幫助你找回學過的英語，讓你靈活運用在會話、書信及閱讀上。

　　不僅如此，由於《7天學會365天用的基礎英文法》包括了初中必學英語文法。因此，無論是初學英語，或準備考高中或初級英檢，甚至社會人士重打基礎，通通都適用。也就是生活、留學、出差、考試通通派上用場。

目　錄

Step 1　be動詞・一般動詞

Step 2　動詞・助動詞

目 錄

Step 3 名詞・代名詞

Step 4 冠詞・形容詞跟副詞

Step 5 句型・各種句子

目　錄

第一本圖解英文法

大原文化

1 動詞種類—be動詞（現在1）

先看圖表

| 主詞 | 動詞 | 補語 | ……語順 |
| 話題 | 說明 | 關連內容 | ……單字任務 |

I   am   George.

我是喬治。

Point **1**

想說「A（主詞）是B」的時候，也就是表示「A=B」的關係時，A跟B要用特別的動詞連接起來，這個動詞叫「be動詞」，而「be動詞」以外的動詞叫「一般動詞」。be動詞後面可以接名詞，用來介紹自己的姓名、職業及國籍等。I am可以縮寫成 I'm。

I am Mary.
我是瑪莉。〈主詞是 I時 be動詞是 am〉

I am Steven.
我是史蒂芬。

I am a teacher.
我是老師。

I am American.
我是美國人。

I like golf.
我喜歡高爾夫球。〈like 是一般動詞〉

在 be動詞的後面，跟主詞可以劃上等號（＝），有相等關係的詞叫「補語」。補語除了名詞（表示人或物的詞），也可以接形容詞（表示狀態或性質的詞）。

I am tall.
我個子高大。

I am happy.
我很快樂。

I am busy.
我很忙。

I am sad.
我很悲傷。

I am angry.
我很生氣。

●tall, happy, busy, sad, angry都是形容詞。

I know George.
我認識喬治。

I am George.
我是喬治。

分析

上句的意思是「我認識喬治」，know是一般動詞，後面接的 George是受詞。
下句的意思是「我是喬治」，跟上面的句子性質是不一樣的，原因在這特殊動詞 am身上囉！

2 動詞種類—be動詞（現在2）

| 主詞 | 動詞 | 補語 | ……語順 |
| 話題 | 說明 | 關連内容 | ……單字任務 |

You are a teacher.
你是老師。

Point 1 前面說過了，am這個 be動詞要接在 I的後面，至於 are是接在 You的後面。is是接在 he（他），she（她），it（它）和所有單數名詞的後面。

I am a boy.
我是男生。

You are short.
你個子矮小。

He is my friend.
他是我的朋友。

Tom is my son.
湯姆是我的兒子。

That is my notebook.
那是我的筆記本。

2　主詞是複數（2人以上、2個以上），代表性的如：you（你們），they（他們），we（我們）和所有複數名詞時，be動詞要用 are。這時候 be動詞後面的名詞就要變成複數形了。

We are students.
我們是學生。

We are brothers.
我們是兄弟。

You are teachers.
你們是老師。

They are my brothers.
他們是我的兄弟。

These are CDs .
這些是CD。

I am a student.
我是學生。

You are a teacher.／He is a singer.
你是老師。／他是歌手。

分析　上句的主詞是 I，所以 be動詞是 am。
下句的主詞，首先是 You所以後面的 be動詞是 are。至於He的 be動詞就是 is了。從這裡可以知道，be動詞是隨著主詞的不同，而跟著變化囉！

3 動詞種類──一般動詞（現在1）

主詞　　動詞　………語順
話題　　行為　………單字任務
↓　　　↓

I run.
我跑。

Point 1

表示人或物「做了什麼、在什麼狀態」的詞叫「動詞」。be動詞（am, are, is）以外的動詞叫「一般動詞」。英語中一般是主詞後面接動詞。一般動詞也就是動詞的原形，用來表示是「現在式」這個時態。

I swim.
我游泳。

I walk.
我走路。

You run.
你跑步。

We walk.
我們散步。

Birds fly.
鳥兒飛。

動詞的後面，常接「怎麼樣了？」、「在哪裡？」、「什麼時候？」的詞。

I study hard.
我努力學習。

You run fast.
你跑得快。

You listen carefully.
你聽得仔細。

I live in New York.
我住在紐約。

I drive to school every day.
我每天開車到學校。

比 較 一 下

I _____.
我_____。

I run.
我跑。

分析

上句的主詞 I 後面空白的地方，可以接上任何一般動詞，來表達不同的動作。但是，光有主詞，是不能成為句子的。

下句的主詞 I 再加上動詞 run（跑），就變成「我跑步」的意思。這樣才能成為一個句子。

4 動詞種類——一般動詞（現在2）

主詞	動詞	受詞	········語順
話題	行為	對象	········單字任務

↓　　　↓　　　↓

I study English.

我學英文。

Point **1**　動詞分「及物」和「不及物」兩種，它們的分別是在「後面能不能接受詞」。什麼叫及物呢？及物是指動作會影響到他物，所以後面要接承受這個動作的目的物（也就是受詞）。及物動詞後面要接受詞，不及物動詞後面不接受詞。我們先看及物動詞。

I know George.
我認識喬治。

He plays tennis.
他打網球。

Mike speaks English.
麥克說英文。

George has a computer.
喬治有一台電腦。

We clean this table.
我們清理這張桌子。

Point **2** 動作不會影響到他物,不用接受詞的動詞叫不及物動詞。
不及物動詞最重要的就是,後面不能直接加上受詞。

I walk.
我走路。

I swim.
我游泳。

I sing.
我唱歌。

I jump.
我跳躍。

I see.
我明白了。

I run.
我跑步。

I study English.
我學英文。

上句的 run這個動詞,是不及物動詞,後面可以不加任何
受詞。
下句的 study是及物動詞,可以接受詞,這裡加了 English
當作受詞。要注意喔,只有及物動詞才可以接受詞。

5 動詞種類—第三人稱・單數s（1）

主詞 ……… 動詞 ……… 受詞 ………語順
三單現 行為（＋s） 對象 ………單字任務
↓ ↓ ↓

She likes cake.
她喜歡吃蛋糕。

Point 1 I（我），you（你）以外的人或東西叫「第三人稱」，也就是說話者與聽話者以外的所有的人或物。主詞是第三人稱，而且是單數（一個人、一個）的時候，一般動詞後面通常接 s，這叫「第三人稱・單數的 s」。

He runs fast.
他跑得很快。

She likes flowers.
她喜歡花。

My uncle plays golf.
我叔叔打高爾夫球。

Ann reads this book.
安看這本書。

Jim cooks dinner.
吉姆做晚餐。

Point 2

主詞雖然是第三人稱，但為複數（兩人・兩個以上）時，動詞不加 s。

They like Taiwan.
他們喜歡台灣。

We have a new computer.
我們有部新電腦。

Her parents know Ann.
她的父母認識安。

They drink coffee in the morning.
他們早上喝咖啡。

Tom and Judy like New York.
湯姆和茱蒂喜歡紐約。

●**兩個以上就是複數**，像：they, we, Her parents, Tom and Judy。

I like cake.
我喜歡吃蛋糕。

She likes cake.
她喜歡吃蛋糕。

分析

上句的 I（我）這個主詞，後面接的是一般動詞 like（喜歡）。
下句的 She（她）則是第三人稱單數的主詞，所以後面要接加上 s，成為 likes。

6 動詞種類—第三人稱・單數s（2）

| 主詞 | 動詞 | 受詞 | ·········語順 |
| 三單現 | 說明 | 對象 | ·········單字任務 |

↓　　↓　　↓

She has a dog.

她有一條狗。

Point 1 主詞是「第三人稱・單數」時，一般動詞規則上要接 s，但是也有不在這個規則範圍內的情況。如：

（1）字尾是：o, s, x, ch, sh要加 es。

如：go→goes（去）
　　pass→passes（通過）
　　wash→washes（清洗）
　　teach→teaches（教）

（2）字尾是：子音加 y要去 y改 ies。

如：study→studies（學習）
　　try→tries（嘗試）
　　※play→plays（打）

（3）動詞 have比較特別，不是接 s，而是改為 has。是屬不規則變化。

（4）一般的動詞字尾都是直接加 s。

再總整理一次，一般動詞要接 -s, -es的情況是：1.主詞是第三人稱；2.主詞是單數；3.時態是現在式。

She goes to bed early.

她很早就上床了。

He teaches English.

他教英文。

Mr. Lee studies hard.

李先生努力學習。

Tom has to stay at home.

湯姆得留在家。

My father has a new car.

我父親有台新車。

I have a dog.

我有一條狗。

She has a dog.

她有一條狗。

 上句的主詞是 I（我），所以後面只需接上一般動詞的原形 have，就可以了。
下句的 She（她）是第三人稱又是單數，所以後面要接 has。記得喔！可不是 have加 s喔！

7 名詞—主詞‧受詞‧補語（1）

| 主詞 | 動詞 | 受詞 | ········語順 |
| 名詞 | 行為 | 對象 | ········單字任務 |

↓　　　↓　　　↓

Tom plays tennis.
湯姆打網球。

Point 1

表示人或物的詞叫「名詞」，名詞可以成為句子的主詞。通常主詞後面接動詞，所以《主詞＋動詞》就形成了句子的骨幹啦！

She cried.
她哭了。

They laugh.
他們在笑。

We dance.
我們在跳舞。

He has a car.
他有車子。

Tom lives in New York.
湯姆住在紐約。

名詞會有各種修飾詞，其中比較具代表性的有修飾名詞的 a, the, my, your, that。

I have a purse.
我有一個錢包。

There is a new house.
那裡有一間新房子。

Mary is my friend.
瑪莉是我的朋友。

He is your cousin.
他是你的表弟。

My brother plays the piano.
我弟弟彈鋼琴。

●單數可數名詞前面要加上 a或 the當冠詞。a是沒有特別指定的對象，而 the是有特別指定的對象。

比較一下

_____ plays tennis.
打網球。

Tom plays tennis.
湯姆打網球。

分析 上句只表示做了什麼，但到底是誰（主詞）做的，並沒有交代。
下句在動詞前面，填進表示人的 Tom，這樣才構成句子。

8 名詞──主詞・受詞・補語（2）

先看圖表

主詞	動詞	受詞......語順
話題	行為	名詞......單字任務

↓　　　　↓　　　↓

Mary loves Tom.
瑪莉愛湯姆。

Point 1　名詞也可以做動詞的受詞。受詞就是接在動詞後面，成為主詞動作對象的詞。要記得喔！及物動詞一定要接受詞。

I love George.
我愛喬治。

I like dogs.
我喜歡狗。

I play tennis.
我打網球。

The baby has toys.
小嬰兒有玩具。

My brother teaches English.
我弟弟在教英語。

2

名詞也可以是動詞的「補語」。什麼是補語呢？補語就是出現在 be動詞，或一般動詞的後面，用來補充說明主詞，跟主詞有相等（＝）關係的詞。

Mary is a singer.
瑪莉是一個歌手。

Jack is a lawyer.
傑克是一名律師。

They are my students.
他們是我的學生。

My major is English.
我的主修是英文。

My boyfriend becomes a doctor.
我男朋友成為一名醫生。

●singer, lawyer, my students, English, doctor，都直接跳過動詞，直接和前面的名詞有相等的關係，像是：Mary=singer、they=my students、my major=English…。

比較一下

Mary loves _____.
瑪莉愛 _____。

Mary loves Tom.
瑪莉愛湯姆。

 上句的動詞 loves（愛）是及物動詞，後面必須有受詞，但由於缺乏受詞，所以沒辦法成為句子。
下句填入了 Tom來當作及物動詞 loves的受詞，所以是一個完整的句子。

23

9 代名詞──人稱代名詞（1）

先看圖表

主　　詞　　動詞　　受詞 ……語順
人稱代名詞　行為　　對象 ……單字任務

Mary is my sister. She likes dogs.

瑪莉是我的妹妹。她喜歡狗。

Point 1　代替名詞的叫「代名詞」，而用來代替人的代名詞叫「人稱代名詞」。當你不想再重複前面提過的名字時，可以用人稱代名詞來代替。

Nick is my brother. He likes music.

尼克是我的弟弟。他喜歡音樂。

Mary can't speak Chinese. She is an American.

瑪莉不會說中文。她是美國人。

I have a dog. It is white.

我有一隻狗。牠是白色的。

Jack and I work in a high school. We are teachers.

傑克和我在一所高中工作。我們是老師。

Patty and Iris are very kind. They are my friends.

派蒂和愛麗絲人很好。她們是我的朋友。

人稱代名詞也可以單獨當作主詞使用。人稱代名詞分：
第一人稱：自己是說話者之一，例如：I（我），we（我們）。
第二人稱：聽話的人，例如：you（你）。
第三人稱：he（他），she（她），it（它），they（他們）。

We play soccer.
我們踢足球。

You are a teacher.
你是一位老師。

He is an American.
他是美國人。

She plays the piano very well.
她彈一手好鋼琴。

They are my good friends.
他們是我很好的朋友。

●we, you, he, she, they，這些人稱代名詞，都是句子中的主詞。

Mary likes dogs.
瑪莉喜歡狗。

Mary is my sister. She likes dogs.
瑪莉是我的妹妹。她喜歡狗。

 上句意思是「瑪莉喜歡狗」，主詞是 Mary。
下句先介紹「瑪莉是我的妹妹」，再進一步說「她喜歡
狗」。因為，第一句提過 Mary，在說話雙方都清楚指的
是誰的情況下，第二句就用 She 這個代名詞來當主詞。

10 代名詞—人稱代名詞（2）

先看圖表

主詞 ——— 動詞 ——— 受詞 ………語順
話題 ——— 行為 ——— 人稱代名詞 ………單字任務

↓ ↓ ↓

Tom loves me.

湯姆愛我。

 人稱代名詞也可以是動詞的受詞，這時候叫「受格」，也
可以稱做受詞。人稱代名詞當受詞時，大都會有變化。

My dog likes me.
我的狗喜歡我。

Lucky is his dog. I love it.
拉奇是他的狗。我很喜歡牠。

Lily likes the song. I like it, too.
莉莉喜歡這首歌，我也很喜歡它。

The baby is cute. We love her.
這個小嬰兒太可愛了。我們很喜歡她。

These cakes are so delicious. I can eat them all.
這些蛋糕太好吃了。我可以吃光它們。

記一下受格人稱代名詞的人稱及其單複數。例如，單數：
I→me, you→you, he→him, she→her, it→it；複數：
we→us, you→you, they→them。

Mary helps us.
瑪莉幫了我們。

We know her.
我們認識她。

I love it.
我喜歡它。

Lucy hates him.
露西恨死他了。

Don't tell them.
別告訴他們。

●him, it, her, us, them都是人稱代名詞的受格。

I love my father.
我愛我爸爸。

Tom loves me.
湯姆愛我。

上句的「我」放在主詞的位置，所以用的是 I。
下句的「我」是 loves的受詞，所以要換成 me。me雖然
跟 I都是人稱代名詞，意思也一樣，但因為在句子中的位
置不同，而有不同形式。至於主詞的 Tom不管是當主詞還
是受詞，形式都不會變的。

11 形容詞─兩種用法（1）

| 主詞 | 動詞 | 形容詞 | 受詞 | ………語順 |
| 話題 | 說明 | 狀態 | 名詞 | ………單字任務 |

↓   ↓   ↓   ↓

I have a new computer.

我有一部新電腦。

Point 1　表示人或物的性質、形狀及數量的詞叫「形容詞」。形容詞接在名詞的前面，可以修飾後面的名詞，讓後面的名詞有更清楚的表現。

She is a good singer.
她是一個很好的歌手。

This city has a long river.
這城市有一條很長的河川。

I have two brothers.
我有兩個兄弟。

That is a big car.
那是一輛大車子。

This is an interesting book.
這是一本有趣的書。

Point 2
一個名詞前面可以有幾個形容詞來修飾。

I have a beautiful blue ring.
我有一個美麗的藍色戒指。

She is a tall big girl.
她個子又高又大。

The two young boys are my brothers.
這兩個年輕男孩是我的弟弟。

Jack is a kind cute boy.
傑克是一個善良又可愛的男孩。

Rudy is a pretty young lady.
茹狄是一個漂亮的年輕少女。

比較一下

I have a computer.
我有一部電腦。

I have a new computer.
我有一部新電腦。

分析
上句意思是「我有一部電腦」，名詞 computer（電腦）前面只有 a（一個）。
可是我的電腦是新的，該怎麼說呢？看看下句，只要在 computer前面加上了一個形容詞 new（新的），就可以啦！意思是「我有一部新電腦」喔！

12 形容詞—兩種用法（2）

先看圖表

主詞	動詞	形容詞	⋯⋯⋯語順
話題	說明	補語	⋯⋯⋯單字任務

↓　　↓　　↓

This camera is nice.

這台相機不錯。

Point 1

形容詞也可以當作 be動詞的補語。這時候，只要把形容詞接在 be動詞的後面就行了，後面不用接名詞。就像這樣：《主詞＋be動詞＋形容詞》，這裡的形容詞是用來修飾前面的主詞。

Jane is cute.
珍很可愛。

The doll is lovely.
這玩偶很可愛。

My sister is busy.
我妹妹很忙。

That building is old.
那棟建築物很老舊。

He is hungry.
他很餓。

Point **2** 靈活運用形容詞的用法，就可以用兩種不同的說法，來表達同一個意思喔！也就是：《主詞＋動詞＋形容詞＋名詞》＝《主詞＋動詞＋形容詞》。

This is an interesting book.

這是有趣的書。

The book is interesting.

這本書很有趣。

This is a new bag.

這是新包包。

This bag is new.

這個包包是新的。

●雖然句型不同，但是都是在表達一樣的意思喔。

This is a nice camera.

這是一台不錯的相機。

This camera is nice.

這台相機不錯。

形容詞可以放在名詞前面，來修飾名詞。像上句的 nice camera（不錯的相機）。

形容詞也可以放在 be動詞後面，當 be動詞的補語。像下句的形容詞 nice（不錯的）後面沒有名詞，它是跟主詞有相等（＝）關係的補語。但是，形容詞的位置雖然不同，上下兩句的意思可是一樣的喔！

13 副詞—讓表現更豐富 (1)

| 主詞 | 動詞 | 副詞 | ⋯⋯語順 |
| 話題 | 行為 | 狀況 | ⋯⋯單字任務 |

↓　　　↓　　　↓

He studies hard.

他用功念書。

Point **1** 用來修飾動詞，表示動作「在哪裡」、「怎麼樣」、「什麼程度」、「在什麼時候」等各種意思的詞叫「副詞」。

I live here.

我住在這裡。

He speaks English slowly.

他英文說得慢。

She works hard.

她工作努力。

I got up early.

我起得早。

Kate danced well.

凱特舞跳得好。

副詞要擺在什麼地方呢？當動詞沒有受詞的時候，副詞就接在動詞後面；當動詞有受詞的時候，副詞一般接在受詞的後面。

She studies hard.
她很認真讀書。

Mary runs fast.
瑪莉跑得很快。

I cried sadly.
我哭得很傷心。

I know him well.
我很了解他。

Wendy loves her husband deeply.
溫蒂深深地愛著她的老公。

● 上面的副詞，都是用來修飾動詞。

He studies.
他唸書。

He studies hard.
他用功念書。

 上句只是單純的說明 He是在 studies（唸書）。整個表現比較平面。
但是下句在動詞 studies後面，加上了副詞 hard（用功），意思是「他用功地唸書」。有了副詞來修飾動詞，就可以讓動作更活靈活現啦！

14 副詞—讓表現更豐富（2）

主詞	動詞	副詞	形容詞	⋯⋯⋯語順
話題	說明	程度	狀況	⋯⋯⋯單字任務
↓	↓	↓	↓	

He is very happy.

他非常快樂。

Point 1

副詞不僅修飾動詞，也可以放在形容詞前面修飾形容詞。

That is a very long bridge.
那是一座長橋。

The test was very easy.
這考試很簡單。

This beer is cool enough.
這啤酒已經夠涼了。

You are too lazy.
你太懶散了。

Mary is much taller than my sister.
瑪莉比我妹妹高很多。

副詞也可以修飾句中的另一個副詞，這時候要放在另一個副詞前面，修飾該副詞。

She works very hard.
她工作很努力。

Jessie runs very fast.
潔希跑得很快。

Don't walk so fast.
不要走那麼快。

Lily drove too slow.
莉莉開車開得太慢。

He dances gracefully well.
他跳舞跳得很優雅。

He is happy.
他很快樂。

He is very happy.
他非常快樂。

分析
上句是「他很快樂」的意思，句中只有形容詞 happy（快樂）。
下句加上了副詞 very（非常）在 happy前面作修飾，而變成「他非常快樂」的意思。只加上一個副詞，快樂的程度就升級了。

15 否定句—be動詞

主詞	動詞	修飾詞	補語	·········語順
話題	說明	否定	關連內容	·········單字任務

↓ ↓ ↓ ↓

I am not George.

我不是喬治。

Point 1 be動詞（am, are, is）的否定句，就是在 be動詞後面放 not，表示「不…」的否定意義。

I am not George.
我不是喬治。

He is not a teacher.
他不是老師。

You are not his friend.
你不是他的朋友。

This is not a book.
這不是書。

It is not a dog.
那不是狗。

Point 2

be動詞的否定文常用縮寫的形式，要記住喔！

I'm not stupid.
我不笨。

He's not heavy.
他不胖。

Luis isn't smart.
路易斯不聰明。

You aren't his friend.
你不是他的朋友。

We aren't baseball players.
我們不是棒球選手。

●isn't是 is not的縮寫；aren't是 are not的縮寫。

I am George.
我是喬治。

I am not George.
我不是喬治。

分析

上句的意思是「我是喬治」。這句話用了 be動詞 am，表示「是…」的意思。
但我又不是喬治，這時該怎麼說呢？看下句，只要在 am 後面加上了否定詞 not，整句話就變成相反的意思「我不是喬治」了。所以，只要有了 not，意思就變相反了。

16 否定句— 一般動詞

主詞	助動詞	修飾詞	動詞	受詞	………語順
話題		否定	行為	對象	………單字任務

I　do　not　like　baseball.

我不喜歡棒球。

Point 1

表示「不…」的否定說法叫「否定句」。一般動詞的否定句的作法，是要在動詞前面加 do not（=don't）。do not 是現在否定式。

I don't read books.
我不看書。

You don't like this city.
你不喜歡這個城市。

They don't study English.
他們不念英語。

We don't eat breakfast.
我們不吃早餐。

You don't have a pen.
你並沒有筆。

2　主詞是「第三人稱　單數」時，do要改成 does，而 does not（=doesn't）後面接的動詞一定要是原形動詞。does not是現在否定式。

She doesn't play tennis.
她不會打網球。

He doesn't like music.
他不喜歡音樂。

She doesn't have any brothers.
她沒有任何兄弟。

She doesn't know me.
她不認識我。

Kitty doesn't have a book.
凱蒂沒有書。

●she, he, Kitty是單數，所以後面的否定是 doesn't。

比較一下

I like baseball.
我喜歡棒球。

I do not like baseball.
我不喜歡棒球。

分析　上句的意思是「我喜歡棒球」，句中的 like（喜歡）是一般動詞。
但不喜歡要怎麼說呢？那就可以用下面的句子了，只要在 like前面加否定詞 do not，整個句子就變成完全相反的意思「我不喜歡棒球」了。

17 疑問句—be動詞

動詞　　主詞　　　　補語　　　⋯⋯⋯語順
說明　　話題　　　　關連內容　⋯⋯⋯單字任務
　↓　　　↓　　　　　↓

Are　you　a student ?

你是學生嗎？

Point 1　be動詞的疑問句，只把主詞跟動詞前後對調就好啦！也就是《be動詞＋主詞…》，然後句尾標上「?」。配合主詞，要正確加上 be動詞！回答的方式是：「Yes, 代名詞 + am / are / is.」、「No, 代名詞+am not / aren't / isn't」。

Are you a nurse?—Yes, I am.

你是護士嗎？—是，我是。

Are you American?—No, I'm not.

你是美國人嗎？—不，我不是。

Is he your brother?—Yes, he is.

他是你弟弟嗎？—是，他是。

Is George an engineer?—No, he isn't.

喬治是工程師嗎？—不，他不是。

Is that a park?—Yes, it is.

那是公園嗎？—是，是的。

---

oint 2 會問問題也要會回答喔！回答疑問句，要把主詞改成人稱代名詞。

Does Ann play soccer?—No, she doesn't.

安踢足球嗎？一不，她不踢。

Is Mary asleep?—No, she isn't.

瑪莉睡著了嗎？一不，她沒有。

Is your sister tall?—Yes, she is.

你姊姊個子高嗎？一是，她個子高。

Are those children yours?—No, they aren't.

那些都是你的小孩嗎？一不，他們不是。

Are those boys smoking?—Yes, they are.

那些男孩在抽煙嗎？一是，他們在抽煙。

You are a student.

你是學生。

Are you a student?—Yes, I am.

你是學生嗎？是呀，我是。

分析 上句是個直述句，意思是「你是學生」。句中用的是 be 動詞 are。這個 are 意思是「是…」。
至於要問「你是學生嗎？」，只要把 be動詞 are 搬到句首就行啦！

18 疑問句— 一般動詞

助動詞	主詞	動詞	受詞	········語順
	話題	行為	對象	········單字任務
↓	↓	↓	↓	

Do you play soccer?

你踢足球嗎？

Point 1 表示「…嗎？」問對方事物的句子叫「疑問句」。一般動詞的疑問句是在句首接 Do，句尾標上「？」。回答的方式是：「Yes, 代名詞+ do.」、「No, 代名詞+ don't.」。

Do you like comic books?—Yes, I do.
你喜歡漫畫嗎？—是，我喜歡。

Do you live in New York? — No, I don't.
你住紐約嗎？—不，我不住那裡。

Do you use a computer? —Yes, I do.
你用電腦嗎？—是，我用。

Do they play tennis? —Yes, they do.
他們打網球嗎？—是，他們打。

Do they drink water? —No, they don't.
他們喝水嗎？—不，他們不喝。

主詞是「第三人稱單數」時，不用 Do而是用 Does，而且後面的動詞不加-s, -es，一定要用原形喔！回答的方式是：「Yes, 代名詞+ does.」，「No, 代名詞+ doesn't.」。

Does Mary like music?—Yes, she does.
瑪莉喜歡音樂嗎？—是的，她喜歡。

Does he have any sisters?—No, he doesn't.
他有姊妹嗎？—不，他沒有。

Does your brother study English?—Yes, he does.
你弟弟唸英語嗎？—是，他唸。

Does Ann live in Taipei?—No, she doesn't.
安住台北嗎？—不，不住。

Does Tom run fast?—Yes, he does.
湯姆跑很快嗎？—是，他跑很快。

You play soccer.
你踢足球。

Do you play soccer?—Yes, I do.
你踢足球嗎？—是的，我踢。

分析

上句是直接陳述一件事實，說「你踢足球」。句中用的是一般動詞 play（踢）。

下句在句首加上 Do，其餘不變，整個句子就變成疑問句，意思是「你踢足球嗎？」。

1 過去式──be動詞（1）

先看圖表

主詞　　動詞　　補語　‥‥‥‥語順
話題　　狀態　　狀況　‥‥‥‥單字任務
↓　　　↓　　　↓

I was tired.
我那時很累。

Point 1 要表達動作或情況是發生在過去的時候，英語的動詞是要改成「過去式」的！be動詞的過去式有兩個，am, is的過去形是 was，are的過去形是 were。

先看圖表

I was busy yesterday.
昨天我很忙。

She was tired last night.
昨晚把她給累壞了。

You were absent yesterday.
你昨天缺席。

There were some girls there.
當時那裡有幾個女孩。

We were in Seoul last week.
上星期我們在首爾。

表示過去並沒有發生某動作或某狀況時，就要用過去否定式。be動詞的「過去」否定式，就是在 was或 were的後面加上 not，成為 was not（=wasn't），were not（=weren't）。

I was not tired.
我那時不累。

He wasn't married.
他當時未婚。

She wasn't at home.
她當時不在家。

They weren't kind.
他們當時不友善。

We weren't in Seoul last week.
上星期我們不在首爾。

I am tired.／I am not tired.
我很累。／我不累。

I was tired.／I was not tired.
我那時很累。／我那時不累。

分析

上句是 be動詞的現在肯定式，主詞是 I所以動詞用 am，意思是「我很累」。後句是現在否定式，在 am後面接 not，表達「我不累」的意思。
下句是將現在式的 be動詞 am，改成了過去式 was，就變成了過去發生的情況。上下句唯一的差別，就是把 be動詞變成過去式。

2 過去式—be動詞（2）

先看圖表

動詞	主詞	補語	副詞	········語順
狀態	話題	狀況	時間	········單字任務
↓	↓	↓	↓	

Was he busy yesterday?

他昨天忙嗎？

先看圖表

be動詞的疑問句，是把 be動詞放在主詞的前面，變成《be動詞＋主語…？》，過去式也是一樣喔！回答是用 "yes / no" 開頭。

Was Ann your friend?—No, she wasn't.

安是你的同學嗎？—不，她不是。

Were you hungry?—No, I wasn't.

你那時餓嗎？—不，我不餓。

Were you at home last night?—Yes, I was.

你昨晚在家嗎？—是，我在。

Was it rainy in Taipei yesterday?—Yes, It was.

昨天台北有下雨嗎？—有，有下雨。

Were the girls pretty?—No, they weren't.

那些女孩漂亮嗎？—不，她們不漂亮。

be動詞跟一般動詞過去疑問句的句子結構不同，請確認一下。一般動詞是：《Did+主詞＋原形動詞…？》；Be動詞是：《be動詞＋主詞…？》。

She studied hard.
她學習很認真。

Did she study hard?
她學習很認真嗎？

He was bad.
他當時很壞。

Was he bad？
他當時很壞嗎？

Is he busy now?—Yes, he is.
他現在忙嗎？是，他在忙。

Was he busy yesterday?—Yes, he was.
他昨天忙嗎？是，他昨天很忙。

分析　上句是以 be動詞的 Is為首的現在疑問句跟回答。
下句是把 be動詞換成過去式的 was，就變成了過去發生的疑問句跟回答。

3 過去式— 一般動詞（1）

先看圖表

主詞　　動詞　　　副詞　……語順
話題　　過去行為　　時間　……單字任務
　↓　　　↓　　　　　↓

I studied yesterday.
昨天我唸了書。

Point 1　「鑒往知來」過去的事是很重要的喔！英語中說過去的事時，要把動詞改為過去式。一般動詞的過去形，通常是在原形動詞的詞尾加上-ed。

She helped me.
她幫了我。

I played soccer yesterday.
我昨天踢足球。

We danced last night.
我們昨晚跳舞。

They watched TV last Sunday.
他們上星期天看電視。

My mother used my bag last Monday.
我媽媽上星期一用我的包包。

原則上一般動詞是在詞尾加-ed的，但也有在這原則之外的。字尾是e：直接加d，例如：agree→agreed（同意）。字尾是子音＋y：去y加 "-ied"，例如：try→tried（嘗試）。字尾是短母音＋子音的單音節動詞：重複字尾再加 "-ed"，例如：hop→hopped（跳）。

I lived here.
我住在這裡。

They closed the doors.
他們把門給關了。

He stopped suddenly.
他突然停下來。

I just mopped the floor.
我剛才拖過地板。

We studied English yesterday.
昨天我們唸了英語。

I study every day.
我每天念書。

I studied yesterday.
昨天我唸了書。

分析

上句用的是一般動詞 study（唸書），表達「我每天唸書」這一現在的情況。study是現在式的動詞原形。
下句是在說昨天發生的事，所以要把動詞 study，去 y加 ied，變成了過去式的 studied。

4 過去式──一般動詞（2）

主詞	動詞		受詞	⋯⋯⋯語順
話題	過去行為		對象	⋯⋯⋯單字任務
↓	↓		↓	

I bought a computer.
我買了一台電腦。

Point **1** 一般動詞的過去式中，詞尾不是規規則則的接-ed，而是有不規則變化的動詞。這樣的動詞不僅多，而且大都很重要，要一個個確實記住喔！

I went to the park yesterday.
我昨天去公園。

I wrote a sad story.
我寫了一個悲傷的故事。

My daughter drew a picture.
我女兒畫了一張畫。

Mary gave George a present.
瑪莉送了一份禮物給喬治。

Kay made the table.
阿凱做了張桌子。

上述的動詞叫「不規則動詞」，與其相對的，詞尾接-ed的就叫做「規則動詞」。

She cooked dinner.

她做了晚餐。〈cook（做菜）是規則動詞〉

I washed the dishes.

我洗了盤子。〈wash（洗）是規則動詞〉

Ann came to my house.

安來過我家。〈came（來）是不規則動詞，原形是come〉

I took some photos.

我拍了幾張照片。〈took（拍）是不規則動詞，原形是take〉

I buy a computer.

我要買一台電腦。

I bought a computer.

我買了一台電腦。

上句是敘述現在的句子，用的是一般動詞 buy（買）。下句是敘述已經發生的動作「我買了電腦」，於是用 buy 的過去式 bought。bought是不規則動詞。

5 過去式──一般動詞（3）

| 主詞 | 助動詞 | 否定詞 | 動詞 | 介系詞 | 名詞 | ⋯⋯語順 |
| 話題 | | 否定 | 行為 | 記號 | 場所 | ⋯⋯單字任務 |

I did not live in New York.

我那時沒有住在紐約。

Point 1

要說我過去沒有做什麼、沒有怎麼樣，就要用過去否定的說法。一般動詞的「過去」否定，是要在動詞的前面接 did not（=didn't）。訣竅是無論主語是什麼，都只要接 did就可以啦！

I didn't watch TV last night.
我昨晚沒有看電視。

I didn't read the book.
我沒看這本書。

She didn't come.
她並沒有來。

He didn't catch the last bus.
他沒有趕上末班公車。

We didn't invite her.
我們並沒有邀請她。

did not 的後面接的動詞可別改成過去式！一定是「原形」的，這點可要小心喔！

I played baseball yesterday.
我昨天打棒球。

I didn't play baseball yesterday.
我昨天沒有打棒球。

We went to the show.
我們去看了那個秀。

We didn't go to the show.
我們當時沒去看那個秀。

I do not live in New York.
我不是住在紐約。

I did not live in New York.
我那時沒有住在紐約。

分析

上句是現在否定，所以一般動詞 live（居住）前接 do not
（不…）。
下句是過去否定，兩句唯一的差別就是把現在式的 do not
改成過去式的 did not。did是 do的過去式。

6 過去式─一般動詞（4）

助動詞	主詞	動詞原形	受詞	副詞	········語順
過去	話題	行為	對象	時間	········單字任務

Did you play tennis yesterday?

你昨天有沒有打網球？

Point 1 一般動詞的「過去」疑問句，要把 Did 放在句首，變成《Did＋主詞＋原形動詞…？》。

Did you play tennis yesterday?—No, I didn't.
你昨天有沒有打網球？─不，我沒有。

Did he wash the dishes?—No, he didn't.
他有沒有洗碗盤？─不，他沒有。

Did he kiss her last night?—Yes, he did.
他昨晚有沒有親吻她？─有，他有。

Did you finish your homework?—No, I didn't.
你已經寫完你的作業了嗎？─不，我沒有。

Did Ann live in New York?—Yes, she did.
安是否曾住過紐約？─是，她住過。

「Did+主詞」後面接的動詞可別改成過去式！一定是「原形」的，這點可要小心喔！

He ordered the book.
他訂了那本書。

Did he order the book?
他有訂那本書嗎？

I forgot to take my phone.
我忘記拿我的電話了。

Did I forget to take my phone?
我是不是忘記拿我的電話了？

比較一下

Do you play tennis?—Yes, I do.
你打網球嗎？—是，我會打。

Did you play tennis yesterday?—Yes, I did.
你昨天有沒有打網球？—有，我有。

分析

上句是一般動詞的現在疑問句及回答。句首用 Do 而回答也用 do。

下句是一般動詞的過去疑問句及回答。兩句話的差別，就是把疑問助詞從現在式的 do，改成過去式的 did。

7 進行式—正在…（1）

主詞	be動詞+動詞–ing形	副詞	⋯⋯⋯語順
話題	動作正在進行	時間	⋯⋯⋯單字任務

It   is   raining   now.

現在正在下雨。

Point 1

《be動詞＋…ing》表示動作正在進行中。…ing是動詞詞尾加 ing的形式。現在進行式，用 be動詞的現在式，表示「（現在）正在…」的意思；過去進行式，用 be動詞的過去式，表示「（那時候）在做…」的意思。

I am walking.
我在走路。

Helen is watching TV now.
海倫現在在看電視。

We are cooking dinner now.
我們現在正在做晚餐。

He was playing baseball.
他當時在打棒球。

She was reading a book.
她當時正在看書。

動詞後面接 ing時叫「ing形」，ing形的接法跟規則動詞「ed」的接法很相似。ing形的接法如下：
1.詞尾接 ing
2.詞尾是 e的動詞，去 e加 ing
3.詞尾是「短母音＋子音」的動詞，子音要重複一次，再加 ing。

1.詞尾接ing

He is playing soccer now.

他現在正在踢足球。

2.詞尾是e的動詞，去e加ing

I am making a cake.

我正在做蛋糕。

3.詞尾是「短母音＋子音」的動詞，子音要重複一次，再加ing。

We were running with his dog.

我們那時正跟著他的狗一起跑。

It rains.

下雨了。

It is raining now.

現在正在下雨。

 上句是用了 rains（下雨）這個動詞，是單純的現在式直述句，陳述一個事實「下雨了」。
下句的動詞是 is raining，表示「現在正在下」的意思。

57

8 進行式—正在…（2）

先看圖表

be動詞	主詞	動詞-ing形	受詞	┄┄┄語順
狀態	話題	行為	對象	┄┄┄單字任務

↓　　↓　　↓　　　　↓

Is　he　playing　soccer?

他現在正在踢足球嗎？

Point 1　要說現在並沒有正在做什麼動作，就用進行式的否定形。進行式的否定句是在 be動詞的後面接 not。這跟 be動詞否定句是一樣的。順序是《be動詞＋not＋…ing》。

I'm not reading a novel.
我並沒有在看小說。

She isn't cooking lunch.
她現在沒有在做午餐。

They aren't buying a new house.
他們沒有要買新房子。

We weren't talking with Ann.
我們那時沒有跟安說話。

He wasn't taking a bath.
他那時不是在洗澡。

進行式的疑問句,是把 be動詞放在主詞的前面,順序是《be動詞＋主詞＋…ing?》,這跟 be動詞的疑問句也是一樣的。

Are you listening?—Yes, I am.

你在聽嗎?—是的,我在聽。

Is she moving the table?—No, she isn't.

她在移動桌子嗎?—不,她沒有。

Is it raining now?—Yes, it is.

現在正在下雨嗎?—是的,正在下。

Were they coming with Tom?—Yes, they were.

他們那時有跟湯姆一起來嗎?—是的,他們有。

Were you cooking at that time?—No, I wasn't.

你那時候在做飯嗎?—沒有,我沒有。

He is playing soccer.

他現在正在踢足球。

Is he playing soccer?—Yes, he is.

他現在正在踢足球嗎?是呀,他正在踢。

分析

上句是現在進行式,用「is playing…」表示「正在踢…」的意思。
下句是把上面的直述句變成疑問句,變法就是把 be動詞 is搬到句首並改大寫為 Is,其餘不變。

9 未來式（1）

主詞	助動詞	動詞	┈┈┈語順
話題	未來	行為	┈┈┈單字任務

He will come.
他將會來。

Point 1 在英語中要提到「未來」的事，例如未來的夢想、預定或計畫…等，動詞不用變化，而是用《will＋動詞原形》，表示「…吧」。這叫「單純未來」。

He will come tomorrow.
他明天會到。

He will be busy tomorrow.
他明天會很忙。

We will have exams next month.
下個月我們有考試。

They will be right back.
他們馬上就回來。

It will rain tomorrow.
明天會下雨。

這個 will是表示將來的助動詞，它還有表示未來將發生的動作或狀態，相當於「（未來）將做…」的意思。這叫「意志未來」。

I will go to the soccer game tonight.
我會去看今晚的足球賽。

I will fly to Chicago.
我要坐飛機飛到芝加哥。

I will play golf.
我要去打高爾夫球。

She will study English.
她要去學英語。

We will call on him after school.
我們下課後要去他家。

He came.
他來過。

He will come.
他將會來。

看到動詞是 came（come的過去式），就知道上句是過去式。
而下句在動詞原形 come前面加上 will，變成標準的未來式結構 will come，來表示未來可能會發生的情況。

10 未來式（2）

主詞	助動詞	修飾詞	動詞	········語順
話題	未來	否定	行為	········單字任務

↓　　↓　　↓　　↓

He will not come.
他將不會來。

Point 1

未來式的否定句是把 not放在助動詞 will的後面，變成《will not +動詞原形》的形式。助動詞跟原形動詞之間插入 not成為否定句，可以應用在所有的助動詞上喔！對了，will not的縮約形是 won't。

I won't go to the party.
我不準備去參加宴會。

You won't see me this week.
你這個星期將看不到我。

She won't clean windows.
她不願打掃窗戶。

My children won't bathe.
我家小孩不要洗澡。

They won't work on Sunday.
他們星期天不工作。

P_{oint} 2

be動詞的未來形，跟一般動詞的作法是一樣的。be動詞的（am, are, is）的原形是「be」，所以一般句子是《will be …》，否定句是《will not be…》。

I'll be twenty next month.

我下個月就滿二十歲了。

I hope you will be happy here.

希望你在此一切滿意。

You will be late.

你要遲到了。

He will not be here on time.

他不會準時到這裡。

I won't be here tomorrow.

我明天不會來這裡。

He will come.

他會來。

He will not come.

他將 不會來。

[分析]

上句是未來將會發生的事，「他會來」。
下句是在動詞 come 前面加上了否定詞 not，這就變成了未來不會發生的事。

11 未來式（3）

先看圖表

助動詞	主詞	動詞	副詞	·······語順
未來	話題	行為	時間	·······單字任務

↓ ↓ ↓ ↓

Will he come tomorrow?
他明天會來嗎？

Point **1** 每個人都喜歡詢問未來。英語中的未來式的疑問句，是將 will 放在主詞的前面，變成《will+主詞+動詞原形…？》的形式，相當於「會…嗎？」的意思。回答的方式是：《Yes, 代名詞+will.》、《No, 代名詞+won't.》

Will he go abroad?—Yes, he will.
他會出國嗎？—是的，他會。

Will it rain tomorrow? —No, it won't
明天會下雨嗎？—不，不會。

Will Jim have time for dinner? —Yes, he will.
吉姆會有時間吃晚飯嗎？—有，他有。

Will we arrive in Tokyo on time? —No, we won't.
我們會準時到東京嗎？—不，我們不會。

Will you call me? —Yes, I will.
你會打給我嗎？—會的，我會。

be動詞的疑問句也跟一般動詞一樣。由於 be 動詞的原形是「be」，所以是形式是《will+主詞+be…？》。

Will you be free tomorrow?—Yes, I will.

你明天有空嗎？—有，我有空。

Will he be on time this afternoon?—No, he won't.

他今天下午會準時到嗎？—不，他不會。

Will you be the director of the play?—Yes, I will.

你會擔任這齣劇的導演嗎？—會的，我會。

Will Mary be able to see him off on Sunday? —Yes, she will.

瑪莉星期天會去為他送機嗎？—是的，她會的。

Will you be nice to your sister?—Yes, I will.

你會好好對待妹妹嗎？—會，我會的。

比較一下

He will come tomorrow.

他明天會來。

Will he come tomorrow?—Yes, he will.

他明天會來嗎？—是的，他會。

分析

上句是一般的未來式，主詞 He的後面接表示未來的助動詞 will。

下句是未來式的疑問句跟回答。把 will 移到句首，其餘不變，就變成疑問句了。

12 未來式（4）

助動詞　　主詞　　動詞原形　　受詞　……語順
願望　　　話題　　行為　　　　對象　……單字任務
　↓　　　　↓　　　↓　　　　　↓

Will you help me?
可否請你幫我？

Point **1**

句型《will you…》並不是「你會…嗎？」的意思，而是「可以幫我…嗎？」的意思，是一種委婉的請求。回答的方式也很多。

Will you shut the door? —Sure.
可以麻煩你關門嗎？—沒問題。

Will you please be quiet?—Sorry.
可否請你安靜一點？—對不起。

Will you carry my groceries?—Yes, I will.
可否請你幫我拿我的雜貨？—好的，我幫你。

Will you mow the yard?—I'm sorry.I can't.
可否請你把院子的草割一割？—對不起，我沒辦法。

Will you take out the trash?—All right.
可否請你把垃圾拿出去倒掉？—好吧！

句型《will you…》也有勸誘對方,「要不要做…?」的意思。回答的時候,要看當時的情況喔!

Will you come with us? —Yes, I will.
要不要和我們一起來?—好啊!我要。

Will you talk about your hobbies? —Yes, I will.
要不要聊聊你的興趣?—好啊!我要。

Will you sing the song? —No, I won't.
要不要唱這首歌?—不,我不要。

Will you have some coffee?—Yes, please.
來杯咖啡如何?—好的,麻煩了。

Will we speak English, Tom?—Yes, let's.
湯姆,我們來說英文吧?—好,我們來說。

比較一下

Will you come tomorrow? —Yes, I will.
你明天會來嗎?—會,我會。

Will you help me?—All right.
可否請你幫我?—好吧。

上句是未來疑問句,問「你明天會來嗎?」,回答用 yes/no。
下句不是要問會或是不會,而是一種「請求拜託」的表達,意思是「你可以幫我嗎」。回答不一定要用yes/no。

13 助動詞—can，may等（1）

主詞	助動詞	動詞原形	受詞	········語順
話題	能力	行為	對象	········單字任務
↓	↓	↓	↓	

I can play volleyball.

我會打排球。

Point 1

放在動詞的前面，來幫助動詞表達更廣泛意義的詞叫「助動詞」。助動詞的後面，一定要接原形動詞。助動詞 can 有：（1）表示「可能」、「有能力」的意思，相當於「會…」；（2）表示「許可」的意思，相當於「可以…」。

I can run fast.

我可以跑很快。

She can speak English well.

她很會說英語。

You can call me Mary.

您叫我瑪莉就行了。

You can use the car.

你可以用這台車子。

Mary can drive.

瑪莉會開車。

助動詞 may有：（1）表示「許可」之意，相當於「可以…」；（2）表示「推測」的意思，相當於「可能…」。

You may go home.
你可以回去了。

You may use it.
你可以使用它。

You may watch TV after dinner.
吃完晚餐，你可以看電視。

It may rain tomorrow.
明天可能會下雨。

It may be true.
那可能是真的。

I play volleyball.
我打排球。

I can play volleyball.
我會打排球。

上句用的動詞是 play（打…）。
下句是在動詞 play的前面加上 can，整句話就變成「我會打排球」的意思。can跟 will一樣是幫助動詞的助動詞。

14 助動詞—can, may等（2）

先看圖表

主詞	助動詞	動詞原形	受詞	········語順
話題	要求	行為	對象	········單字任務

↓　　　↓　　　↓　　　　　↓

You must wash the dishes.
你一定要洗碗。

Point 1　助動詞 must有：（1）表示「義務」、「命令」、「必須」的意思，相當於「得⋯」；（2）表示「推測」的意思，相當於「一定⋯」。

I must help my mother.
我得幫助我母親。

You must listen to me.
你必須聽我的。

They must not make noise.
他們不應該製造噪音。

I must be crazy!
我一定是瘋了！

She must be angry.
她一定是生氣了。

助動詞 should有表示「義務」的意思，語含勸對方最好做某事的口氣。相當於「應該…」、「最好…」。

We should keep our promises.
我們應該信守諾言。

You should read this book.
你應該看這本書。

You should speak up.
你應該大聲一點說話。

You should call your mother.
你最好打個電話給你媽媽。

You should go to the doctor.
你最好去看醫生。

比較一下

You can wash the dishes.
你可以去洗碗。

You must wash the dishes.
你一定要去洗碗。

 上句是「你可以去洗碗」的意思。用的是助動詞 can。下句是把助動詞 can改成了 must，而變成一種比較強硬、命令的語氣，表示「你一定要去洗碗」。

15 助動詞─否定句

先看圖表

主詞	否定形	動詞原形	受詞	⋯⋯語順
話題	能力否定	行為	對象	⋯⋯單字任務

I can't play volleyball.

我不會打排球。

P·oint 1

助動詞的後面接 not就變成否定式，can的後面接 not表示
「不會⋯」、「不可能⋯」、「不可以⋯」的意思。Can
not常簡寫成 can't或 cannot。

I cannot play basketball.

我不會打籃球。

I can't speak Japanese.

我不會說日語。

He can't be American.

他不可能是美國人。

You can't be hungry already.

你絕不可能已經餓了。

You can't do that again.

你絕不可以再那麼做了。

Point 2 may not是「可能不…」、「不可以…」，must not是「不可以…」的意思。must not比 may not有更強的「禁止」的語意。

He may not come.
他可能不會來。

It may not be true.
這不可能是真的。

You may not swim from now.
你從現在起不可以游泳。

You must not smoke here.
你不可以在這裡抽煙。

They must not enter my room.
他們不可以進我的房間。

 比較一下

I can play volleyball.
我會打排球。

I can't play volleyball.
我不會打排球。

 分析 上句是「我會打排球」的意思。用了助動詞 can（會…）。

但如果不會打排球就用下句。下句是把 can改成 can't，而變成否定的意思，表示「我不會打排球」。

16 助動詞—疑問句

助動詞	主詞	動詞原形	受詞	┄┄┄┄語順
能力	話題	行為	對象	┄┄┄┄單字任務
↓	↓	↓	↓	

Can you read this word?

你會念這個字嗎？

Point 1

can的疑問句，是把 can放在主詞的前面，變成《Can+主詞+動詞原形…？》的形式。意思相當於「會…嗎？」。回答「是」用《Yes, +代名詞+can.》；回答「不是」用《No,+代名詞+can't.》。

Can you ride a horse? —No, I can't.

你會騎馬嗎？—不會耶，我不會騎。

Can you play the guitar?—Yes, I can.

你會彈吉他嗎？—會呀，我會彈。

Can you drive?—No, I can't.

你會開車嗎？—不，我不會。

Can you remember anything?—No, I can't.

你記得什麼事嗎？—不，我不記得了。

Can you see that tree?—Yes, I can.

你看得到那棵樹嗎？—是，我看得到。

may（可以）或 must（必須）的疑問句，跟 can一樣是
《助動詞+主語+動詞原形…？》。

May I sit down?—Sure.
我可以坐下嗎？—當然可以。

May I speak to John?—Yes, of course.
我可以請約翰聽電話嗎？—沒問題。

May I open the window?—No, you may not.
我可以打開窗戶嗎？—不，你不可以。

Must I carry the bag?—Yes, you must.
我一定要帶這個包包嗎？—是的，你一定要。

Must Dolly have an operation?
—No, she need not.
桃莉一定要開刀嗎？—不，她不需要。

I can read this word.
我會唸這個字。

Can you read this word?—Yes, I can.
你會唸這個字嗎？—會啊，我會唸。

| 分析 | 上句用助動詞 can（可以…）造的句子。can read表示「會唸」的意思。下句把助動詞 can移到句首，其餘不變，就成了一個疑問句「你會唸這個字嗎？」，要用 yes/no回答。 |

17 be動詞的另一個意思──「存在」

主詞	動詞	介系詞	名詞	·········語順
話題	說明	記號	場所	·········單字任務
↓	↓	↓	↓	

He is in Taipei.
他在台北。

Point 1 be動詞還有表示「存在」的意思，相當於「在」、「有」等意思。

The book is on the table.
書在桌上。

John is at home.
約翰在家。

They are in the car.
他們都在車裡。

The children are on the playground.
孩子們都在遊樂場。

I was there last night.
我昨晚在那裡。

表示「在」、「有」的意思時，否定句跟疑問句的形式，跟 be動詞是一樣的。

The book is not on the table.
書不在桌上。

John is not at home.
約翰不在家。

They were not in the room.
他們不在房裡。

Is he at home?—Yes, he is.
他在家嗎？—在呀，他在家。

Am I in Taiwan?—Yes, you are.
我在台灣嗎？—對呀，你在。

He is a student.
他是一名學生。

He is in Taipei.
他在台北。

 上句用 be動詞 is，讓句中的主詞 He跟補語 a student（學生）劃上等號（＝）。
下句的 be動詞 is，在這裡是傳達了存在的觀念，相當於「在」的意思。

18 be動詞的另一個意思──「有」

there+be動詞	補語	介系詞	名詞	⋯⋯語順
存在	對象	記號	場所	⋯⋯單字任務
↓ ↓	↓	↓	↓	

There is an orange on the table.
桌上有顆橘子。

Point 1　there原本是「那裡」的意思，但是「there+be動詞」還有表示存在之意，相當於中文的「有（在）…」。單數時用《There is…》；複數時用《There are…》。

There is an orange in the basket.
籃子裡有顆柳橙。

There is a little milk in the glass.
杯子裡有些牛奶。

There are twenty girls in my class.
我們班有二十個女生。

There are restaurants.
這兒有很多餐廳。

There isn't a building.
這兒沒有建築物。

否定句是在 be動詞的後面接 not，疑問句要把 be動詞放在句首，變成《Is / Are there…？》的形式。

There isn't a clock in my room.
我房裡沒有時鐘。

There isn't a red car by the gate.
大門旁邊沒有紅色的車子。

There isn't a piano in the classroom.
教室裡沒有鋼琴。

Is there a pen on the table?
桌上有筆嗎？

Are there any cookies in the box?
盒子裡有餅乾嗎？

This is an orange.
這是一顆柳橙。

There is an orange on the table.
桌上有顆柳橙。

分析

上句的主詞是 This，動詞是 is。「This is…」表達「這是…」之意。
下句把 this is 改成了句型 there is，就變成了表達「有存在某物」的意思了。

1 名詞的複數形（1）

主詞	動詞	數詞	受詞	┈┈┈語順
話題	說明	數量	名詞+s	┈┈┈單字任務

I have two brothers.

我有兩個弟弟。

Point 1

我們常說二個以上要加 s，這是英語的特色。英語中人或物是很清楚地分為一個（單數）跟二個以上（複數）的。人或物是複數時，名詞要用「複數形」。一般複數形要在詞尾加上-s。

I like dogs.
我喜歡狗。

I have two brothers.
我有兩個兄弟。

I have four baseball caps.
我有四頂棒球帽。

I have two notebooks.
我有兩本筆記本。

I have three CDs.
我有三張CD。

把單複數弄清楚，說起英語會更道地喔！名詞的詞尾是ch, sh, s, x, o時，複數形要加-es。

He ate three sandwiches.

他吃了三個三明治。

John broke five dishes.

約翰打破了五個盤子。

This city has a lot of buses.

這城市裡有很多公車。

There are three big boxes.

那裡有三個大盒子。

I have six potatoes.

我有6個馬鈴薯。

I have a brother.

我有一個弟弟。

I have two brothers.

我有兩個弟弟。

 上句的 a brother是「一個弟弟」的意思。名詞 brother（弟弟）的前面有a（一個）。
下句提到有 two brothers（兩個弟弟），在弟弟有2個以上時，要把單數的 brother，加上 s，變成複數的 brothers。

2 名詞的複數形（2）

主詞	動詞	數詞	受詞	⋯⋯語順
話題	說明	數量	名詞去y＋ies	⋯⋯單字任務

I have four dictionaries.
我有四本字典。

Point 1
詞尾是「子音+y」時，y要變成i，然後加-es。這裡的-es發音是「z」。

The babies are sleeping.
寶寶們正熟睡著。

I know those ladies.
我認識那些女士。

We saw five flies.
我們看到五隻蒼蠅。

The toy needs batteries.
這玩具需要電池。

America and Canada are big countries .
美國跟加拿大是大國。

名詞的複數形也有不規則的變化，如 man跟 men（男人）、foot跟 feet（腳）、mouse跟 mice（老鼠）。也有單數跟複數是一樣的如sheep（羊）、deer（鹿）跟fish（魚）。

He has five bad teeth.
他有五顆蛀牙。

There are three mice.
有三隻老鼠。

Do you know the women?
你認識那些女人嗎？

I want to buy two fish.
我想買兩條魚。

Mr. Brown has three children.
布朗先生有三個小孩。

I have a dictionary.
我有一本字典。

I have four dictionaries.
我有四本字典。

分析

上句是「我有一本字典」的意思。
下句因為有了四本書，是複數，所以要把 dictioinary，去y改成 ies。整句話就是「我有四本字典」的意思。

3 可數名詞跟不可數名詞（1）

| 主詞 | 動詞 | 補語 | ⋯⋯⋯語順 |
| 話題 | 說明 | 不可數名詞 | ⋯⋯⋯單字任務 |

This is water.
這是水。

Point 1 名詞大分為「可數名詞」跟「不可數名詞」兩類。可數名詞複數（2人・2個以上）時，要用複數形。另外，單數（1人　1個）時，前面常接 a或 an。

I have a camera.
　我有一台相機。

She gave me an apple.
　她給了我一顆蘋果。

I have a banana and an apple.
　我有一根香蕉跟一顆蘋果。

I like sports.
　我喜歡運動。

They are my good friends.
　他們是我的好朋友。

不可數名詞一般不接表示「一個的」a或 an，也沒有複數形。不可數名詞基本上有下列三種。
1.固有名詞（唯一的，大寫開頭的人名、地名等）
2.物質名詞（沒有一定形狀的空氣、水、麵包等）
3.抽象名詞（性質、狀態籠統，無形的愛、美、和平、音樂等）

1.固有名詞（唯一的，大寫開頭的人名、地名等）

I live in Paris.
我住在巴黎。

2.物質名詞（沒有一定形狀的空氣、水、麵包等）

I want a glass of water.
我想要一杯水。

3.抽象名詞（性質、狀態籠統，無形的愛、美、和平、音樂等）

We love peace.
我們喜歡和平。

比較一下

This is a cat.
這是一隻貓。

This is water.
這是水。

 上句的「一隻貓」是 a cat。
下句的 water（水）前面沒有加 a（一個）。這是因為water沒有辦法用1個、2個…去計算，沒有單複數的區別，所以不用接 a，也沒有複數形。

4 可數名詞跟不可數名詞（2）

先看圖表

| 主詞 | 動詞 | 量詞 | 受詞 | ········語順 |
| 話題 | 行為 | 數量 | 不可數名詞 | ········單字任務 |

I want a cup of coffee.

我想要一杯咖啡。

Point 1 不能用1個、2個…數的名詞，也可以用表示「量」的形容詞，來表示「多 少」。如：some（一些），much（很多），little（很少），a little（一點點），no（沒有），a great deal of（很多），a lot of（很多）…。

I want some apple juice.
我想要點蘋果汁。

I want some food.
我要一些食物。

I would like some salad.
我想要一些沙拉。

She has a lot of money.
她很有錢。

He has a lot of friends.
他有很多朋友。

不可數名詞在當作單位名詞時，有時變成可數的。

I want two glasses of milk.
我要兩杯牛奶。

Give me three cups of coffee.
給我三杯咖啡。

She has a slice of bread.
她吃一片麵包。

There are a sheet of paper.
那裡有一張紙。

Would you like a cup of tea?
你要不要來一杯茶？

I want some coffee.
我想要些咖啡。

I want a cup of coffee.
我想要一杯咖啡。

分析

上句中的 coffee是不可數名詞，前接表示「量」的 some（一些）來形容。
下句是用 a cup of（一杯…）來數 coffee，表示「一杯咖啡」的意思。

5 指示代名詞（1）

先看圖表

主詞 指示代名詞	動詞 說明	補語 眼前的物	········語順 ········單字任務
↓	↓	↓	

This is my doll.
這是我的洋娃娃。

Point 1

指示眼睛可以看到的東西或人叫「指示代名詞」。指近處的東西或人，有 this（這個），複數形是 these（這些）。

This is my bag.
這是我的包包。

This is an old clock.
這時鐘很老舊。

These are my books .
這些是我的書。

This is my cousin, May.
這是我的表妹—梅。

Are these your magazines?
這些是你的雜誌嗎？

指示較為遠處的人或物，有 that（那個），複數形是 those（那些）。

That is my father.
那位是我的父親。

That is your coat.
那是你的外套。

That's a fancy car.
你那部車挺風光的。

That was the best movie of the year!
那是年度的最佳電影！

Those are my classmates.
那些是我的同學。

Coco is my doll.
可可是我的洋娃娃。

This is my doll.
這是我的洋娃娃。

分析

上句的主詞是洋娃娃的名字 Coco，這句話很明確地知道，指的是哪一個娃娃。
下句用指示代名詞 this 來當做主詞，取代了上句的 Coco。這麼一來，如果人不在現場，就不知道指的是哪個娃娃了。

6 指示代名詞（2）

主詞	動詞	補語	⋯⋯⋯語順
話題	說明	眼前的人	⋯⋯⋯單字任務

This is George.
這是喬治。

Point 1 this從「這個」的意思，發展成「（介紹人說的）這位是…」、「這裡是…」、「今天是…」及「（打電話指自己）我是…」的意思。

This is George.
這是喬治。

This is Mr. Brown.
這位是布朗先生。

This is my sister.
這位是我姊姊。

This is my house.
這是我的家。

Hello, this is Ann.
你好！我是安。〈打電話時〉

指示眼前較為遠處的事物的 that，也表示「那、那件事」的意思。

That's a tall building.
那是棟高大的建築物。

That's a fancy car.
那部車挺風光的。

That was the best movie!
那是最佳電影！

That's a good idea.
那真是個好主意。

That's an interesting question.
你那個問題挺有意思的。

比較一下

This is a panda.
這是一隻熊貓。

This is George.
這是喬治。

分析

上句是 this的最原始用法，說明 This is…（這是…）。
下句是變成了互相介紹認識的說法，而 This is…（這位
…）是慣用的說法。

7 名詞及代名詞的所有格─表示「的」的詞 (1)

所有格	名詞	動詞	補語	⋯⋯⋯語順
名詞+'s	人物	說明	狀況	⋯⋯⋯單字任務

Mary's sister is pretty, too.

瑪莉的姊姊也很漂亮。

Point 1　表示「⋯的」的形式的叫「所有格」。表示人或動物的名詞，以接《⋯'s》表示所有格。

My father's car is red.

我父親的車子是紅色的。

The dog's name is Kent.

這隻狗的名字叫康德。

This is my brother's dictionary.

這是我哥哥的字典。

My uncle's house is near the station.

我叔叔的家離車站很近。

Do you have John's cup?

你有約翰的杯子嗎？

表示人或動物以外，無生命物的名詞，一般用《of…》的
形式來表示所有格。of…修飾前面的名詞。

We broke the legs of the desk.
我們弄壞了桌腳。

It is raining hard in the south of Taiwan.
台灣南部正下著大雨。

They announced the winner of the contest.
他們宣布了比賽的獲勝者。

He was the leader of his class.
他是班上的班長。

January is the first month of the year.
一月是一年當中的第一個月。

Mary is pretty.
瑪莉很漂亮。

Mary's sister is pretty, too.
瑪莉的姊姊也很漂亮。

[分析] 上句的主詞是 Mary，在說的是「瑪莉很漂亮」。
下句的主詞是 Mary's sister，意思是「瑪莉的姊姊」。其
中「's」相當於中文「的…」。而 Mary's 是修飾後面的
sister。

8 名詞及代名詞的所有格—表示「的」的詞 (2)

主詞	動詞	所有格	名詞	⋯⋯⋯語順
話題	說明	Ⅰ	對象	⋯⋯⋯單字任務

Bob is my friend.

鮑伯是我的朋友。

Point **1** 人稱代名詞的所有格，各有固定的形式。〈I→my〔our〕〉、〈you→your〔your〕〉、〈he→his〔their〕〉、〈she→her〔their〕〉、〈it→its〔their〕〉。〔〕裡是複數形。

John is my friend.

約翰是我的朋友。

He is my boyfriend.

他是我的男朋友。

She goes out with her friends.

她和她的朋友出去。

They speak English in their country.

他們在他們國家說英語。

The dog is chasing its tail.

那隻狗追著自己的尾巴跑。

指示代名詞的 this, that等，也可以當作指示形容詞，來表示「…的」的意思。但可不是「所有格」喔！

Do you know that boy?
你認識那個男孩嗎？

Who drives that car?
是誰開那部車的？

You are not a student in this class.
你不是這個班級的學生。

Did you buy all those pens?
那些筆你全買了嗎？

Where did you go these days?
這些日子你都去哪裡了？

Bob's father is a doctor.
鮑伯的爸爸是醫生。

Bob is my friend.
鮑伯是我的朋友。

 上句的 Bob's father中「's」是接在名詞 Bob後面，表示名詞所有格「…的」之意。
下句的 my（我的），是由代名詞I變化而來的所有格。跟名詞不同，代名詞是要進行變化的喔！

9 所有代名詞跟反身代名詞（1）

主詞　　　　動詞　　　所有代名詞　　┈┈┈┈語順
話題　　　　說明　　　〈=my bike〉　┈┈┈┈單字任務

That bike is mine.
這台腳踏車是我的。

Point 1 表示「…的東西」的代名詞叫「所有代名詞」，這個用法是為了不重複同一名詞。所指的「物」不管是單數或複數，所有代名詞都是一樣。所有代名詞一個字等同於〈所有格＋名詞〉。

That bag is yours.
那個包包是你的。

These bags are hers.
這些包包是她的。

The car is ours.
這輛車是我們的。

The football is his.
這顆橄欖球是他的。

The dog is not yours. It's theirs.
這隻狗不是你的，是他們的。

Point **2** 所有代名詞要單獨使用。下面的相同意思，不同的說法，是考試常出現的，要多注意喔！

┌─ **That is our car.**
│   那是我們的車。
│
└→ **That car is ours.**
     那車是我們的。

┌─ **These are my pens.**
│   這些是我的筆。
│
└→ **These pens are mine.**
     這些筆是我的。

That is my bike.
那是我的腳踏車。

That bike is mine.
那台腳踏車是我的。

分析
上句用的是所有格 my（我的）。my bike是「我的腳踏車」的意思。
下句用的 mine是所有代名詞，它一個字就等同於 my bike的意思了。mine意思是「我的東西」。

97

10 所有代名詞跟反身代名詞（2）

先看圖表

主詞	動詞	動詞-ing形	反身代名詞	········語順
話題	說明	行為	對象	········單字任務

She was talking to herself.

她自言自語。

Point 1　動詞的受詞等，跟句子的主詞是一樣的時候，要用表示「自己…」的特別的代名詞，叫「反身代名詞」。也就是人稱代名詞加上 -self（單數形）, -selves（複數形）。

I looked at myself in the mirror.
我在鏡子前注視著自己。

You should know yourself.
你應該了解自己。

The man hurt himself.
這個人傷了他自己。

My friends prepared for the party by themselves.
我的朋友們自己準備派對。

My sister and I often cook dinner for ourselves.
我姊姊和我通常都自己作晚餐。

反身代名詞也有「強調主詞」的作用。

I myself made the cake.
我親手做了一個蛋糕。

I myself learned to ride a bike.
我自己學會騎腳踏車。

He himself did it.
他親自做的。

She herself moved into her new house.
她自己一個人搬進新家。

They themselves prepared for the party.
他們自己準備派對。

I introduced her to John.
我介紹她給約翰認識。

She introduced herself to John.
她跟約翰自我介紹。

 上句是「我介紹她給約翰認識」的意思。introduced（介紹）後面接受詞 her（她）。
下句是「她自己介紹自己」，在主詞和受詞都是同一個人的時候，不用 her而是用反身代名詞 herself（她自己）。

11 不定代名詞—some，any等（1）

主詞	動詞	不定代名詞		複數名詞	······語順
話題	行為	範圍		對象	······單字任務

↓　　↓　　　↓　　　　　↓

I know some of those boys.

我認識那些男孩中的幾個。

Point 1

沒有特定的指某人或某物的代名詞叫「不定代名詞」。
不定代名詞的 some含糊的指示人或物的數量，表示「一些，幾個」的意思。

I have some friends in here.

我這裡有（一些）朋友。

Give me some Coke, please.

請給我（一些）可樂。

I want some tea.

我要（一些）茶。

I buy some books every month.

我每個月都買（幾本）書。

Some of the test questions were too hard.

這個考試中的（有些）題目真的太難了。

something表示「某事物」，somebody, someone表示「某人」、「誰」的意思。這些都是單數。

I smell something.
我聞到某種味道。

I have something to tell you.
我有話要跟你說。

I get you something to drink.
我帶一些喝的給你。

Somebody is calling you.
有人在叫你。

There is someone at the door.
門旁有人。

I know those boys.
我認識那些男孩。

I know some of those boys.
我認識那些男孩中的幾個。

分析

上句的意思是「我認識那些男孩」。 those boys 是「那些男孩」的意思。
下句則是把 those改成了 some of those，意思就變成了「只認識部分的男孩」，some of…表示「…中的幾個」的意思。some是「一些，幾個」的意思。

12 不定代名詞—some，any等（2）

助動詞	主詞	動詞	不定代名詞	複數名詞	⋯⋯⋯語順
	話題	行為	範圍（疑問句）	對象	⋯⋯⋯單字任務

Do you know any of those boys?

你認識那些男孩嗎？

Point 1　疑問句中表示「多少個？」、「多少？」、「多少人？」時，用 any。否定句用 not…any，意思是「一個也（一人也）…沒有」。

Do you need any money?
你需要錢嗎？

Do you want any cake?
你要不要蛋糕？

Do you have any sisters?
你有姊姊或妹妹嗎?

I don't have any money.
我身無分文。

Jason doesn't have any friends.
傑森沒有任何朋友。

同樣地，在疑問句跟否定句中 anything是表示「什麼」、「什麼也」；anybody, anyone是「有誰」、「誰也」的意思。

I don't know anything about it.
那件事我什麼也不知道。

I don't have anything to do.
我沒什麼事可以做。

I don't see anyone here.
我在這裡連個人影都沒看見。

Anybody can do it.
任誰都做得到。

Is there anybody at home?
有人在家嗎？

I know some of those boys.
我認識那些男孩中的幾個。

Do you know any of those boys?
你認識那些男孩嗎？

 上句表示「幾個人」用的是，沒有特定的指人或物的數量的 some。
但是在疑問句中，同樣表示「幾個人」時，就要用 any 了。

13 不定代名詞─all, each等 (3)

不定代名詞	複數名詞	動詞	副詞	形容詞	……語順
範圍	話題	說明	程度	狀況	……單字任務

All of the students are very friendly.

所有學生都很友善。

Point 1

all是「全部」，each是「各個」的意思。其中《all of+複數名詞》被當為複數，《all of+不可數名詞》被當為單數，但 each都是用作單數。

I know all of them.
我認識他們全部。

All of us like her.
我們都喜歡她。

All of us can play in the game.
我們全都能玩這個遊戲。

Each of us has a car.
我們每人都有車。

Each of the girls has a cell phone.
每一位女生都有手機。

both跟 either都是用在二個事物的時候，但是 both表示「兩者都」，當作複數；either表示「兩者中任一」，當作單數。

Both of you may go.
你們兩個可以離開。

Both my parents are fine.
我父母兩人都很好。

Both of them are my good friends.
他們二人都是我的好朋友。

Either of the teams will win.
那兩隊其中之一會贏。

Write either with a pen or with a pencil.
用原子筆或鉛筆寫都可以。

Some of the students are very friendly.
有些學生很友善。

All of the students are very friendly.
所有學生都很友善。

 上句用 some of…，所以可以知道是「…之中有幾個」學生很友善。
下句則改成了all of…，所以是「…之中所有的」學生都很友善。Some指不特定的數和量，而 all表示「全部」的意思。

14 不定代名詞──all，each等（4）

先看圖表

主詞	動詞		動詞	不定代名詞	…語順
話題	行為		行為	代替camera	…單字任務

I have no camera. I want to buy one.

我沒有相機。我想要買一台。

Point 1　　one除了「一個，一個的」意思以外，還可以用來避免重複，代替前面出現過的名詞。不定代名詞 one跟前面的名詞相對應，表示跟前面的名詞是「同類的東西」。常用《a+形容詞+ one》的形式。

This cup is dirty. I need a clean one.

這杯子很髒，我需要乾淨的。

Do you have a car?—Yes, I have one.

你有車子嗎？—有，我有一台。

He has a dog. I want to have one, too.

他有一條狗，我也想要有一條狗。

Do you want a big apple or a small one?

你要大的蘋果還是要小的？

We could give her this old TV and buy a new one.

我們可以把這台舊電視給她，然後買一台新的。

another表示不定的「又一個東西（人）」、「另一個東西（人）」，another其實是由〈an+ other〉來的。The other表示特定的「（兩個當中的）另一個東西（人）」。

I don't like this one. Show me another.
我不喜歡這個。給我看看別的。

Do you want another cup of coffee?
你要不要再來一杯咖啡？

Will you have another piece of cake?
再來一片蛋糕如何？

This egg is bigger than the other.
這顆蛋比另一顆大。

He lives on the other side of the river.
他住在河的另一邊。

I have a camera. I bought it last year.
我有台相機。我去年買的。

I have no camera. I want to buy one.
我沒有相機。我想要買一台。

分析

上句的 it（那個）是前面的 a camera的代名詞。所以這裡的 it是特定指「那台照相機」的意思。
下句用不定代名詞 one，來代替前面的名詞 camera。

107

15 代名詞其它該注意的用法—it, they等（1）

先看圖表

代名詞	形容詞	副詞	········語順
天氣	自然現象	時間	········單字任務

It's sunny today.

今天是個大晴天。

it除了指前接的「特定的東西」以外，也含糊地指「天氣」、「時間」、「距離」跟「明暗」等。

It's fine today.

今天天氣好。

It's cold outside.

外面很冷。

It's seven-thirty.

現在七點三十分。

It's about three kilometers.

大概有三公里。

It's getting dark outside.

外面漸漸變暗了。

Point **2**　it也可以放在句首，對應後面的 to不定詞。

It is easy to answer this question.
回答這個問題很簡單。

It is difficult to spell the word.
要拼這個字很困難。

It is boring to stay at home all day.
一整天待在家裡是件很無聊的事。

It is exciting to travel in a foreign country.
在國外旅行是件興奮的事。

It is interesting to read English novels.
閱讀英文小說是件有趣的事。

 比較一下

Mary has a dog. It's big.
瑪莉有一隻狗，牠很大。

It's sunny today.
今天是個大晴天。

 上句的 It's是指前面已提過的 dog，是 dog的代名詞。
下句中的 it's是含糊地指天氣。

16 代名詞其它該注意的用法─it, they等（2）

| 代名詞 | 動詞 | 受詞 | 介系詞 | 名詞 | ⋯⋯語順 |
| 一般人 | 行為 | 對象 | 記號 | 場所 | ⋯⋯單字任務 |

They speak English in America.

美國是個英語系國家。

Point 1

we, you, they也有含糊的指「一般的人，人們，相關的人」的用法。翻譯的時候可以配合前後文。

We should respect the teachers.

大家應該尊敬老師。

We wish you a merry Christmas.

祝你聖誕快樂。

Work while you work.

工作的時候（大家）工作。

You can see Mt.Yu from here.

從這裡可以看到玉山。

They say he is very rich.

據說他很有錢。

含有代名詞的片語，也要多注意喔！如 each other（互相）, one another（互相）, one after another（一個接著一個）。

You must help each other.
你們必須互相幫助。

They hug each other for a couple of minutes.
他們持續抱著對方幾分鐘。

They look at one another and laugh.
她們看著彼此，相視而笑。

Students walk out the classroom one after another.
學生們一個接著一個走出了教室。

The one is mine, and the other is yours.
這個是我的，另一個才是你的。

They spend a lot of time watching TV.
他們花了很多時間看電視。

They speak English in America.
在美國，人們講英語。

分析

上句的 they（他們）是指一群特定的人。這時候知道指的是誰。
下句的 they（人們）是指一般的人，而非真的特定某群人。

1 a跟the（1）

先看圖表

不定冠詞　　指示代名詞　動詞　定冠詞　補語　………語順
不限定　　　範圍　　　說明　限定　對象　…單字任務

I have a dog. This is the dog.
我有一隻狗。這一隻就是。

Point **1** 特定指單數的「一個東西」、「一個人」時，名詞前面要接冠詞 a（an）。但是 a只用在不限定的人或物上。「限定的」人或物就要用「Point2」的冠詞 the。所以 a叫「不定冠詞」，the叫「定冠詞」。冠詞是一種形容詞。

She has a brother.
她有一個哥哥。

My father is a doctor.
我父親是醫生。

I saw a movie last night.
昨晚我看了一部電影。

I want a sheet of paper.
我需要一張紙張。

Here is a watermelon.
這裡有一顆西瓜。

指示同類事物中的哪一個，在彼此都知道的情況下，也就是指示「特定的」人或物時，名詞前面要接 the，表示「那個…」的意思。

I saw the movie last night.
我昨晚看了那齣電影。

Sam is the boy at bat.
正在打球的那個男孩是山姆。

Who is the gentleman over there?
那邊那位紳士是誰？

Please open the window.
請打開窗戶。

Please close the door.
請關門。

This is a dog.
這是一條狗。

I have a dog. This is the dog .
我有一隻狗。這隻就是。

分析

上句說的是 This（這）是「dog（狗）」。但並沒有限定是哪一隻狗。
下面第二句的 This（這）指前面提過的「那隻狗」。用定冠詞 the，表示第一句提過的那隻狗。

2 a跟the（2）

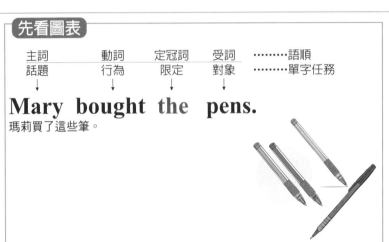

主詞	動詞	定冠詞	受詞	……語順
話題	行為	限定	對象	……單字任務
↓	↓	↓	↓	

Mary bought the pens.
瑪莉買了這些筆。

Point 1 不定冠詞 a是用在不限定的單數名詞前面，所以複數名詞或不可數名詞，表示「一個的」，不用 a。

I don't like cats.
我不喜歡貓。

I have some questions.
我有一些問題。

I like to sing songs.
我喜歡唱歌。

We love music.
我們喜好音樂。

They drink coffee in the morning.
他們早上喝咖啡。

只要是指「特定的」人或物，不管是複數名詞或不可數名詞，都用 the。

I saw the girls at the bus station.
我在公車站看到那些女孩。

I bought the books.
我買了這些書。

Please pass the salt.
請把鹽遞給我。

I jump into the water.
我跳進水裡。

I gave the money to her.
我給她錢。

Mary bought some pens.
瑪莉買了一些筆。

Mary bought the pens.
瑪莉買了這些筆。

分析

上句的 some pens（一些筆），表示幾枝「不特定的筆」。
下句用 the取代了some表示幾枝「特定的筆」。

3 a跟the該注意的用法（1）

主詞	動詞	受詞	數詞	不定冠詞	副詞	……語順
話題	行為	對象	次數	每	時間	…單字任務

I practice tennis twice a week.

我一星期練習網球兩次。

Point 1 「a…」也有表示「每…」的意思。其中「…」的地方是表示「單位」的詞。

He studies six hours a day.

他每天讀書六小時。

We go out for dinner twice a week.

我們每星期去外面吃晚餐兩次。

Take this pill three times a day.

每天要服藥三次。

I have to go to supermarket once a month.

我每個月要去一次超市。

They go to Japan once a year.

她們每年都會去日本一趟。

a也有表示「同種類的全體」的意思，也就是總稱的用法。

A rabbit has long ears.

兔子有長長的耳朵。

A giraffe has a long neck.

長頸鹿的脖子很長。

A dog is human's best friend.

狗是人最好的朋友。

A friend in need is a friend indeed.

患難見真情。

Birds with a feather flock together.

物以類聚。

A week has seven days.

一星期有七天。

I practice tennis twice a week.

我一星期練習網球兩次。

分析

上句的 A week是「一星期」的意思。a是「一個的」之意。

下句的 a week是「每星期」的意思。a是「每…」之意。

117

4 a跟the該注意的用法（2）

定冠詞	主詞	動詞	介系詞	名詞	⋯⋯語順
限定	自然物	現象	記號	場所	⋯⋯單字任務
↓	↓	↓	↓	↓	

The sun rises in the east.
太陽從東方升起。

Point 1 the也用在自然地被「特定」的東西，如「月亮」或「太陽」等獨一無二的自然物之前。還有 only（只有一個），first（最初），second（第二）等附有形容詞的名詞前。

The sun rises in the east.
太陽從東方升起。

The moon goes around the earth.
月亮繞著地球轉。

The earth goes around the sun.
地球繞著太陽轉。

Look! That's the east.
你看！那是東邊。

He won the first prize.
他得了第一名。

118

同樣地，從說話者跟聽話者當時的情況，自然而然地被「特定」的事物，也就是從周圍的狀況，知道對方指的是什麼，也用 the。

Pass the salt, please.

請把鹽傳過來。＜指的當然是桌上的鹽＞

Look at the lady.

看看那個女士。＜因為彼此都看到了＞

Please open the window.

請打開窗。＜眼前的那扇窗＞

My daughter is the one on TV.

電視上的是我女兒。＜指雙方都看到的那一位＞

Give me the ticket.

給我票。＜指我要的那張票＞

A bright star falls in the west.

一顆閃亮的星星從西方落下。

The sun rises in the east.

太陽從東方升起。

分析

上句用不定冠詞 a，因為自然界中的星星眾多，所以 star 用不限定的 a 當冠詞。
下句中用定冠詞 the，表示雖然星星和太陽都是自然界的東西，但因為太陽只有一個，所以 sun 用限定的 the 當冠詞。

5 冠詞跟習慣用法（1）

| 主詞 | 動詞 | 冠詞 | 受詞 | 副詞 | ········語順 |
| 話題 | 行為 | 慣用 | 對象 | 程度 | ········單字任務 |

He plays the guitar well.

他很會彈吉他。

Point 1 在英語的成語中，冠詞也有固定的用法（成語），下面的習慣用法，一般用 the。

Ann can play the violin.

安會拉小提琴。

He likes to do exercise in the morning.

他喜歡早上做運動。

By the way, I knew your cousin, Jim.

喔，順便跟你說，我認識你的表哥吉姆。

In the end, he can not find his wallet.

最後，他還是沒找到他的錢包。

At the moment, she knew the truth.

在那一刻，她知道了真相。

120

下面的片語要用a。

Have a good time.
玩開心點!

Let's take a walk.
我們來散散步吧!

Let's take a break.
我們休息一下吧!

Take a deep breath and you will feel better.
深呼吸會讓你舒服點。

He has been in Hong Kong for a long time.
他在香港好一段時間了。

比較一下

He borrowed a guitar yesterday.
他昨天借了一把吉它。

He plays the guitar well.
他很會彈吉它。

分析

上句的 guitar是可數名詞,所以用 a當冠詞。
下句雖然沒有限定是哪把吉他,但彈吉他是個慣用語,所以用 play the guitar。

6 冠詞跟習慣用法（2）

主詞	動詞		受詞	副詞	⋯⋯⋯語順
話題		慣用		狀況	⋯⋯⋯單字任務

↓　　↓　　↓　　↓　　↓

She goes to bed　early.

她都很早上床睡覺。

Point **1**　　慣用表現中，也有省略冠詞的情況。

I go to school on foot.

我走路上學。

He is at home now.

他現在在家。

Dad will come back soon.

爸爸會馬上回來。

Kate can play guitar.

凱特會彈吉他。

Do you go to school on Sundays?

你星期天要上學嗎？

除此之外，「運動」、「三餐」、「學科」、「四季」等，一般是不加冠詞的。

Let's play baseball.
我們來打棒球吧！

We have lunch together.
我們一起吃午餐。

He majors in Chinese.
他主修中文。

Irene likes science.
艾琳喜歡科學。

Pat doesn't like summer.
派特不喜歡夏天。

She bought a bed last night.
她昨晚買了張床。

She goes to bed early.
她都很早上床睡覺。

上句的 bed（床）是一個可數名詞，所以用冠詞 a。
下句的 bed是一張床，但並沒有加上冠詞，那是因為 go to bed是個慣用語，所以省略了冠詞。

7 表示數跟量的形容詞—多・少（1）

先看圖表

主詞	動詞	形容詞	可數名詞	⋯⋯⋯語順
話題	說明	數	對象	⋯⋯⋯單字任務
↓	↓	↓	↓	

I have many dictionaries.

我有很多字典。

Point 1
「數」很多的時候用 many，「量」很多的時候用 much。
many, much常用在疑問句跟否定句中。many後面要接的
是可數事物，像是：可以一個一個數出來的桌椅、車票⋯
等；much是用來形容不可數的東西，像是：液體的水或果
汁、很抽象的錢、時間⋯等。

There aren't many books in my room.
我房間裡沒有很多書。

Are there many banks in your city?
你的城市有很多銀行嗎？

I don't have much money.
我沒什麼錢。

How much time do you need?
你需要多少時間？

Is there much milk in the bottle?
瓶子裡有很多牛奶嗎？

可以同時表示「數」跟「量」很多的是 a lot of。在疑問句跟否定句以外的一般肯定句，a lot of比 many跟 much還要常使用。

Ann has a lot of friends.
安有很多朋友。

This city has a lot of buses.
這城市裡有很多公車。

They want a lot of water.
他們想要很多水。

It was a lot of work.
那費了我好大功夫。

We have a lot of money.
我們有很多錢。

I have a dictionary.
我有一本字典。

I have many dictionaries.
我有很多字典。

 上句的 dictionary（字典）前接表示「一個的」冠詞a。下句因為數量很多，所以用了形容詞 many（許多）來形容。

8 表示數跟量的形容詞──多‧少（2）

主詞	動詞	形容詞	可數名詞	‥‥‥‥語順
話題	說明	數	對象	‥‥‥‥單字任務

I have a few friends.

我只有一些朋友。

Point 1 表示「數」有一些時，用 a few（一些的，2、3個的），而且是用在複數形可數名詞上；表示「量」有一些時，用 a little（一些的，少量的），用在不可數名詞上。

I have a few friends.
我有2、3個朋友。

It's only a few blocks away.
只不過隔幾條街而已。

There are a few people in the park.
公園裡有2、3個人。

I have a little money.
我有一些錢。

They drink a little coffee.
他們喝了一些咖啡。

有冠詞 a的時候，含有肯定的「有一點」的語意。但是把 a拿掉只用 few, little，就含有「只有一點點」、「幾乎沒有」等否定意味。當然 few是用在「數」，而 little用在「量」上。

I have few friends.
我沒什麼朋友。

The children have few toys.
小孩們只有一點點玩具。

They drink little coffee.
他們只喝了一些咖啡。

There is little milk in the bottle.
瓶子裡幾乎沒什麼牛奶。

I have little money.
我沒什麼錢。

I have a lot of friends.
我有很多朋友。

I have a few friends.
我有一些朋友。

分析

上句是說有很多朋友，所以用了 a lot of來形容數量的多。a lot of可以同時使用在「數」跟「量」上。
下句是只有一些朋友，所以用了 a few來形容量的少。a few只能用在「量」上。

9 表示數跟量的形容詞—some，any等（1）

先看圖表

主詞	動詞	形容詞	名詞	┈┈┈語順
話題	說明	不特定數量	對象	┈┈┈單字任務

I have some books.
我有一些書。

Point **1** 數詞是用來表示數目的。其中有分計算數量跟表示順序的數詞。接下來我們看看表示「數」的形容詞，跟表示「順序」的形容詞。

Johnny has five sisters.
強尼有五個姊姊。

He has two hundred kinds of stamps.
他有200種郵票。

He is the first boy in his family.
他是家中的長男。

Our apartment is on the third floor.
我們的公寓在三樓。

December is the twelfth month of the year.
12月是一年中的第12個月。

「不特定的數或量」用 some，意思是「一些的」。中譯時有時候字面上是不翻譯的。

I want some juice.
我要一些果汁。

There are some keys in the box.
箱子裡有幾支鑰匙。

Bring me some water, please.
請拿一些水給我。

My mother went to buy some soymilk.
我媽媽要去買豆漿。

Take it as a chance to get some exercise.
當它是運動的好機會。

I have two books.
我有兩本書。

I have some books.
我有一些書。

上句在 books之前，有明確的 two（2個的），這個表示「特定的數」的形容詞。
下句沒有明確的數量，所以用「不特定的數」 some（一些）來形容。

10 表示數跟量的形容詞—some, any等（2）

先看圖表

助動詞	主詞	動詞	形容詞	名詞	⋯⋯語順
	話題	說明	數量	對象	⋯⋯單字任務

↓　↓　　↓　　　↓　　　↓

Do you have any books?
你有書嗎？

Point 1 通常疑問句和否定句中，表示「不特定的數或量」要用 any。

Do you have any brothers?
你有兄弟嗎？

Does Miss Lee have any children?
李小姐有沒有小孩？

Do you need any help?
你需要幫忙嗎？

Didn't he ask any questions?
他沒問問題嗎？

Do you need any money?
你需要錢嗎？

any跟否定的 not一起使用時，表示「一點…也沒有」的意思。當然「數」跟「量」都可以使用。

She doesn't have any books.
她一本書也沒有。

Jason doesn't have any friends.
傑森沒有任何朋友。

I didn't see any people in the house.
我在房間裡沒看見任何人。

Tom doesn't want any advice.
湯姆不想聽任何的建議。

I don't have any money.
我一毛錢也沒有。

I have some books.
我有一些書。

Do you have any books?
你有書嗎？

 上句是個肯定句。所以用表示「不特定數」的形容詞 some，來形容「一些」。
下句是疑問句。在疑問句中要表示「不特定數」時，不用 some，而是用any。

11 副詞該注意的用法（1）

先看圖表

主詞	副詞	動詞	副詞	⋯⋯語順
話題	頻度	行為	目的地	⋯⋯單字任務

He often came here.
他常常來這裡。

 1
always（總是，經常），often（常常，往往），usually（通常），sometimes（有時），once（一次）等，表示頻率的副詞，通常要放在一般動詞的前面，但是要放在 be動詞的後面。

He always gets up at seven.
他總是七點起床。

I often exercise in the morning.
我經常在早上做運動。

I often drive to work.
我經常開車上班。

I usually go to bed early.
平常我很早睡覺。

He is sometimes absent from school.
他有時會不去上學。

表示「程度」的副詞，通常要放在它修飾的形容詞跟副詞的前面。但是要記住喔！同樣是程度副詞的 enough（足夠），可是要放在它修飾的形容詞跟副詞的後面。我們來跟程度副詞的 very比較看看。

He is very tall.
他很高大。

He is tall enough.
他夠高大了。

This beer is very cool.
這啤酒很冰。

This beer is cool enough.
這啤酒已經夠冰了。

He came here yesterday.
他昨天來這裡。

He often came here.
他常常來這裡。

上句的 yesterday（昨天）是表示「時間」的副詞，要放在《動詞+受詞》的後面。
下句的 often（經常）是表示「頻率」的副詞，放在動詞 came前面。

12 副詞該注意的用法（2）

先看圖表

主詞	動詞		受詞	副詞	……語順
話題	行為		對象	程度	……單字任務

I enjoyed the party very much.

這個派對讓我玩得很盡興。

Point **1** 修飾動詞表示「很」、「非常」的時候，一般用 very much放句尾。

I enjoyed the music very much.
我很享受音樂之美。

Thank you very much.
真的很謝謝你。

I like the present very much.
我好喜歡這個禮物。

I like strawberries very much, too.
我也很喜歡草莓。

They like tennis very much.
他們非常喜歡打網球。

only（僅，只）, even（甚至）也可以修飾名詞跟代名詞。
這時候，要放在名詞或代名詞的前面。

She ate only salad.
她只吃沙拉。

It's only one o'clock.
現在才一點鐘而已。

It's the only way to learn.
這是學習的唯一方法。

Jack wears even a raincoat.
傑克甚至穿了件雨衣。

Lara called even her ex-boyfriend.
娜拉甚至打給了前男友。

This party is very exciting.
這個派對很刺激。

I enjoyed the party very much.
這個派對讓我玩得很盡興。

分析

上句要加強 exciting（刺激）這個形容詞的程度，就要用
very（非常）。
下句要加強 enjoy（享受）這個動詞的程度，就要用 very
much（非常）。very是不能直接修飾動詞的。

1 有補語・有受詞的句子（1）

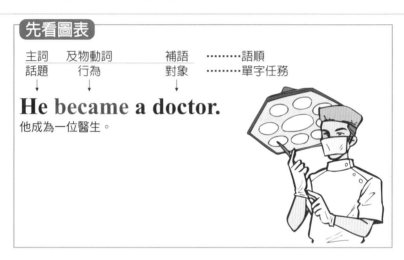

先看圖表

主詞	及物動詞	補語	········語順
話題	行為	對象	········單字任務
↓	↓	↓	

He became a doctor.
他成為一位醫生。

Point 1 一般動詞（be動詞以外的動詞）裡面，也有後面要接「補語」的動詞。代表性的有 become（成為…）。

She became a model.
她成為模特兒。

He became a teacher.
他成為老師。

Tom and I became good friends.
湯姆跟我變成好朋友。

He became rich.
他變有錢了。

It becomes very hot in July.
七月變得很熱。

後接補語的動詞，有下面幾個，要記下來喔！這些動詞的補語，常常是形容詞。

She looked great.
她看起來很棒。

He got crazy.
他瘋了。

She grew old.
她老了。

She seems pretty smart.
她似乎很聰明！

It smells good.
聞起來很香。

He was a doctor.
他曾是一位醫生。

He became a doctor.
他成為一位醫生。

 上句的 be動詞 was，後接的補語 a doctor（醫生），是用來補充說明主詞he，跟主詞有相等關係的。
下句的一般動詞 became（成為…）是 become的過去式。後接的 a doctor也是用來當主詞 he的補語。

2 有補語・有受詞的句子（2）

| 主詞 | 及物動詞 | 受詞 | ………語順 |
| 話題 | 行為 | 對象 | ………單字任務 |

Ann visited a doctor.
安去拜訪醫生。

Point 1　一般動詞中，有很多後接受詞，動作會影響到他物的。也就是有受詞的叫及物動詞；動作不影響到他物，沒有受詞的叫不及物動詞。

I know his sister.
我認識他姊姊。

I write her a letter.
我寫了一封信給她。

I like the little puppy.
我喜歡那隻小狗。

The moon rose.
月亮升起。

I swim.
我游泳。

到目前為止所學的句型，我們來整理一下吧！

1.《主語＋動詞》的句子（沒有補語也沒有受詞）

He lives in Taipei.

他住台北。

2.《主語＋動詞＋補語》的句子

Ann became a doctor.

安成為了醫生。

3.《主語＋動詞＋受詞》的句子

I drink milk.

我喝牛奶。

Ann became a doctor.

安成為了醫生。

Ann visited a doctor.

安去拜訪了醫生。

上句的 a doctor是用來補充說明主詞的 Ann，是主詞補語。
下句的 a doctor是動詞 visited（拜訪）的受詞，也就是動作的對象。

3 有2個受詞的句子（1）

先看圖表

| 主詞 | 動詞 | 間接受詞 | 直接受詞 | ········語順 |
| 話題 | 行為 | 人 | 事物 | ········單字任務 |

I gave her a flower.

我給她一朵花。

Point 1　動詞中也有兩的受詞的。這時候的語順是《動詞+間接受詞+直接受詞》。間接受詞一般是「人」，直接受詞一般是「物」。

She gave Tom a present.
她送了湯姆一個禮物。

Kate sent me a letter.
凱特寄給我一封信。

He made me a doll.
他做了一個娃娃給我。

I will show you my album.
我會給你看我的相簿。

Stacy bought Bob a new computer.
史黛西買了一台新電腦給包柏。

這類的文型，常用的動詞如下。

I showed him my new car.

我把新車展示給他看。

Jack told me a secret.

傑克告訴了我一個秘密。

John sent his girlfriend a scarf.

約翰寄了一條圍巾給他的女友。

He gave me a pen.

他給我筆。

She made me a cake.

她做了一個蛋糕給我。

I bought a flower.

我買了一朵花。

I gave her a flower.

我給她一朵花。

上句的動詞 bought（買了）的後面是受詞 a flower
（花）。
下句的動詞 gave（給）後面有兩個受詞，her（她）跟 a
flower（花）。像這樣有兩個受詞時，要把給的人 her放
在給的東西 flower的前面。

4 有2個受詞的句子（2）

主詞　　動詞　　　　受詞　　　受詞　　┈┈┈語順
話題　　行為　　　　事物　　　人　　　┈┈┈單字任務
　↓　　　↓　　　　　↓　　　　↓

I gave a flower to her.
我給她一朵花。

Point 1　《give+人+物》跟《tell +人+物》的文型，可以把表示人的受詞用 to把受詞的順序前後對調，改成《give+物+to+人》跟《tell +物+to+人》。這時候直接受詞的「物」，變成改寫句的受詞。

I told him the truth.
我告訴他真相了。

I told the truth to him.
我把真相告訴他。

She sent me a card.
她寄給我一張卡片。

She sent a card to me.
她寄了一張卡片給我。

《buy+人+物》跟《make+人+物》，可以把表示人的受詞用 for把受詞的順序前後對調，改成寫成《buy+物+for+人》跟《make+物+for+人》。

He made his mother a cake.
他給他媽媽做了一個生日蛋糕。

He made a cake for his mother.
他做了一個生日蛋糕給他媽媽。

He sang me a song.
他為我唱了一首歌。

He sang a song for me.
他唱了一首歌給我聽。

I gave her a flower.
我給她一朵花。

I gave a flower to her.
我給她一朵花。

分析 上下兩句的意思都一樣。上句的語順是《give+人+物》。
間接受詞是 her，直接受詞是 a bag（包包）。
下面的語順是《give+物+to+人》，不只人和物的位置對調，中間還加了 to。這時候受詞只有一個 a bag。

5 受詞有補語的句子（1）

主詞	動詞		受詞	受詞補語	……語順
話題	行為		對象	狀況	……單字任務

We named the dog White.
我們叫那隻狗小白。

Point 1 一個句子如果說到受詞，還沒有辦法表達完整的意思，就要在受詞的後面，接跟受詞有對等關係的「受詞補語」。語順是《動詞＋受詞＋補語》。這類動詞並不多，請把它記住喔！

We made him our captain.
我們選他為主將。

We call the cat Banana.
我們叫這隻貓為香蕉。

The parents named their baby Pat.
那對父母替孩子取名為派特。

They named the ship Hope.
他們取那條船的名字為「希望」。

I consider him a nice person.
我認為他是一個好人。

144

受詞的補語，不僅只是名詞，形容詞也可以當補語。

My joke made her angry.
我的玩笑讓她生氣了。

He wants me happy.
他希望我開心。

I found the book interesting.
我發現這本書很有趣。

He left the door open.
他讓門開著。

The traffic jam drove me crazy.
塞車讓我快瘋了。

We named a dog.
我們替一隻狗取名字。

We named the dog White.
我們叫那隻狗小白。

分析

上句的 a dog（狗）是受詞。
下句的 named the dog（動詞＋受詞），後面又接了
White（小白）。像這樣 White是用來修飾前面的受詞 the
dog，就叫作受詞補語。

6 受詞有補語的句子（2）

主詞	動詞	受詞	動詞原形	……語順
話題	行為	對象	受詞補語	……單字任務

Ann made her cry.
安讓她哭了。

Point 1 《make+受詞+動詞原形》是「讓…」的使役表現。有這種意思的動詞叫「使役動詞」。

I made her laugh.
我讓她笑了。

His mother made him stay home.
他母親讓他留在家裡。

A walk would make me feel better.
走一走會讓我覺得舒服一些。

What makes you think so?
你怎麼這麼認為呢？

Don't make your girlfriend cry.
別讓你女朋友哭。

使役動詞還有如《let+受詞+動詞原形》，表示「讓…，允許做…」的意思。

Let me introduce myself.
讓我來自我介紹。

Let me give you a hand.
讓我來幫你。

Let me cut it in half.
讓我來把它切成兩半。

Please let me go.
請讓我離開。

Why don't you let her decide?
你為什麼不讓她決定？

Ann made her angry.
安讓她生氣了。

Ann made her cry.
安讓她哭了。

分析

上句的 made her（動詞＋受詞）後面接形容詞 angry，表示「安讓她生氣了」的意思。
下句的 made her（動詞＋受詞）後面接原形動詞 cry，表示「安讓她哭了」。

147

7 各種疑問句—what, who等（1）

| 疑問詞 | 動詞 | 主詞 | ………語順 |
| 事物 | 狀態 | 話題 | ………單字任務 |

What is this?

Point **1** what表示「什麼」的意思。what放在句首，以《What+be 動詞+主詞…？》《What+do+主詞+動詞原形…？》做疑問句。回答的時候，不用 Yes/ No，而是用一般句子。what用在問事物或職業、身份等。

What is this?
這是什麼？

What is that building?
那棟建築是什麼？

What are you doing?
你在做什麼？

What do you want?
你想要什麼？

What did he say?
他怎麼說？

who表示「誰」，which表示「哪些，哪一個」，是用來表示疑問的詞，它們叫「疑問代名詞」。who只用在問人，which表示選擇，用在人或事物都可以。

Who is that lady?
那個女士是誰？

Who is your father?
哪位是你父親？

Who cooked dinner today?
誰料理今天晚餐？

Which do you like, coffee or tea?
妳喜歡哪一個，咖啡或茶？

Which TV program are you watching?
你在看什麼電視節目？

Is that a vase?—Yes, it is.
那是花瓶嗎？—是呀，那是花瓶。

What is this?—It's a vase.
這是什麼？這是個花瓶。

分析

上句以 be動詞 Is開頭，語順是《be動詞＋主詞…？》，知道是 be動詞的疑問句。
下句是以 what（什麼）開頭的疑問句。What後面的語順也是《be動詞＋主詞…？》。

8 各種疑問句──what，who等（2）

疑問詞	名詞	動詞	主詞	……語順
事物	關連內容	狀態	話題	……單字任務

What color is your car?
你的車是什麼顏色的？

Point **1** what, which也用在修飾後面的名詞，表示「什麼的…」、「哪個的…」的用法。

What sports do you like?
你喜歡什麼運動？

What time is it now?
現在幾點了？

What size is your shirt?
你的襯衫幾號的？

Which one is your sister?
哪一位是你的妹妹？

Which materials is your skirt?
你的裙子是什麼材料的？

表示「誰的…」用 whose（要記住 who並沒有那個意思喔）。形式是《whose+名詞》。

Whose book is this?
這是誰的書？

Whose album is this?
這是誰的音樂專輯？

Whose dog is barking?
誰的狗在吠？

Whose baby is crying?
誰的寶寶在哭？

Whose mobile is ringing?
誰的手機在響？

What is this?
這是什麼？

What color is your car? —It's red.
你的車是什麼顏色的？—紅色的。

上句的 What是代名詞，表示「什麼」的意思。
下句的 What後面加上了名詞 color（顏色），所以這裡的 What是形容詞，用來修飾 color，表示「什麼的」之意。

9 各種疑問句—when, where等 (1)

| 疑問詞 | 助動詞 | 主詞 | 動詞原形 | 受詞 | ⋯⋯⋯語順 |
| 時間 | | 話題 | 行為 | 對象 | ⋯⋯⋯單字任務 |

When do you play video games?

你什麼時候玩電玩？

Point **1**　when用在問時間，表示「什麼時候」，where用在問場所，表示「哪裡」的疑問詞，由於具有副詞的作用，所以又叫做「疑問副詞」。

When is your birthday?
你的生日是什麼時候？

When does the party begin?
舞會幾點開始？

When did you meet Lucy?
你什麼時候見過露西？

Where can I go now?
我現在可以去哪裡？

Where did you buy it?
你在哪裡買的？

why是表示「為什麼」的疑問詞，用在詢問理由、原因。
回答 why的疑問句，一般用 Because…來回答。

Why are you late again?
你怎麼又遲到了？

Why are you still here?
你為什麼還在這裡？

Why is Tom absent today?
湯姆今天為什麼沒來？

Why don't we try something else?
咱們何不試試別的？

Why did you hang out so late?
你為什麼在外面鬼混到這麼晚？

What do you study? —I study English.
你學什麼？—我學英語。

When do you play video games?—I play at night.
你什麼時候玩電玩？—我晚上玩。

 上句是以 what起頭的疑問句。what是動詞 study（學習）的受詞。
下句是以 when起頭的疑問句，問的是時間、什麼時候。
疑問詞的 when是表示時間的副詞。

10 各種疑問句─when, where等（2）

疑問詞	助動詞	主詞	動詞	副詞	⋯⋯⋯語順
手段		話題	行為	目的地	⋯⋯⋯單字任務
↓	↓	↓	↓	↓	

How did you come here?
你怎麼來這兒的？

Point **1**   how表示「如何」的疑問詞，用在詢問「方法」、「手段」時。

How do you spell your last name?
你的姓要如何拼呢？

How do you know my name?
你怎麼知道我的名字？

How can I get to the station?
我要怎麼到車站？

How did you come here?
你怎麼到這裡的？

How will that help?
那又能幫得上什麼忙？

how還有詢問健康、天氣「如何」的意思。

How are you?
你好嗎？

How do you do?
初次見面，你好。

How is your mother?
你母親還好嗎？

How was your morning?
你今天早上過得如何？

How was the weather?
天氣如何？

Why does she study Japanese?
為什麼她要學日文？

How did you come here? —By car.
你怎麼來這兒的？—開車來的。

 上句是以 why開頭的疑問句。Why用在詢問「理由」。
下句是以 how開頭的疑問句。how問的是方法、手段，表示「如何、怎麼辦到的」之意。不同的疑問詞問的對象不同，回答也就有所不同了。

11 各種疑問句──How old等（1）

疑問詞 形容詞 動詞 主詞 ⋯⋯⋯語順
年齡 狀態 話題 ⋯⋯⋯單字任務

How old are you?
你幾歲？

Point **1** How的後面接 old（…歲的）, tall（個子高）時，可以用來
詢問「幾歲」、「多高」。形式是〈how+形容詞〉。

How old is she?
她幾歲？

How old is this tree?
這棵樹樹齡有多大？

How old is your dog?
你的狗幾歲了？

How tall is he?
他多高？

How tall is your brother?
你弟弟多高？

同樣地，How的後面接 high（高）, long（長），可以用來詢問「高度有多高」、「長度有多長」。

How long is that bridge?
這座橋多長？

How long is the movie?
這部電影有多長？

How long will you stay here?
你會在這裡待多久？

How high is the building?
這棟樓有多高？

How high is Mt. Yu?
玉山有多高？

How is your mother? —She's fine, thank you.
你媽媽好嗎？—她很好，謝謝！

How old are you? —I'm 14 years old.
你幾歲？—我十四歲。

 下句是以 how開頭的疑問句。這裡的 how問的是健康情況。
下句在 how的後面加上了形容詞 old，問的事情就不同囉，是在問年紀，「你幾歲？」。

12 各種疑問句—How old等（2）

先看圖表

疑問詞	形容詞	名詞	助動詞	主詞	動詞	……語順
數量多少		複數		話題	行為	……單字任務
↓	↓	↓	↓	↓	↓	

How many cats do you have?
你有幾隻貓？

Point 1　How many…是「幾個的…」，How much…是「多少的（量的）…」的意思，可以用來詢問人或事物的數跟量。

How many brothers do you have?
你有幾個兄弟？

How many friends do you have?
你有多少朋友？

How many lessons do you have on Monday?
你星期一有幾節課？

How much is this computer?
這台電腦多少錢？

How much candy did you buy?
你買了多少糖果？

How開始的疑問句，常用的有下面的用法。

How much is this?
這個多少錢？

How far is it from here to there?
從這裡到那裡有多遠？

How often do you see movies?
你多久看一次電影？

How interesting this novel is!
好有趣的小說喔！

How incredible!
多麼的難以置信啊！

How fast does this car go?
這台車跑多快？

How many cats do you have?—I have two.
你有幾隻貓？—我有兩隻。

上句是以 How開頭的疑問句，How後面接形容詞 fast（快），是問速度有多快的句子。
下句在 How後面又接了形容詞 many，變成詢問數量有多少的句子。

159

13 要注意的疑問句（1）

疑問詞	動詞	補語	⋯⋯⋯語順
人	行為	關連內容	⋯⋯⋯單字任務
↓	↓	↓	

Who teaches English?

誰教英文？伯朗先生。

Point 1 疑問詞為主詞的句子，語順跟一般句子一樣是《主詞＋動詞…》。疑問詞屬第三人稱　單數，所以現在式句中的一般動詞要接-s, -es。

Who plays the piano?
誰在彈鋼琴？

Who knows it?
誰知道那個？

Who saw it?
誰看見它？

Which is mine?
哪一個是我的？

What has happened?
發生什麼事了？

使用疑問詞 what來詢問日期、星期、時間也是常用的，要記住喔！

What's the date today? —June 6.
今天幾號？—六月六日。

What time is it?—It's eight.
現在幾點？—八點。

What day is today?—It's Tuesday.
今天星期幾？—星期二。

What time is it in New York?
紐約現在幾點？

What day of the week is today?
今天星期幾？

When does your friend leave? —Two hours ago.
你的朋友什麼時候離開的？兩個小時前。

Who teaches English? —Mr. Brown does.
誰教英文？伯朗先生。

 上句是以 when為首的疑問句。When後接的語順是《does+主語+原形動詞》。

下句的主詞的 who以後，是動詞 teaches（教），這是因為 who是這個句子的主詞。回答是誰後面要接上動詞 does。

14 要注意的疑問句（2）

動詞	主詞	形容詞		形容詞	········語順
狀態	話題	A	選擇	B	········單字任務
↓	↓	↓	↓	↓	

Is your bag red or black?

你的包包是紅的還黑的？

Point 1　一般的疑問句後面加上《or…》，是表示「…嗎？還是…嗎？」的意思，用來詢問兩個之中的哪一個。回答時不用 Yes, No。

Is she a singer or an actress? —She's a singer.

她是歌手還是演員？—她是歌手。

Is David 52 or 63 years old?—He's 52 years old.

大衛52歲還是63歲？—他52歲。

Is this black or blue?—It's blue.

這是黑色還是藍色？—是藍色。

Is he leaving or entering?—He's leaving.

他要進來還是出去？—他要出去。

Do you walk or take a bus?—I take a bus.

你是走路還是搭公車？—我搭公車。

以 which（哪個，哪邊）為句首的疑問句，也有後接《A or B》（A還是B）的形式。

Which do you want, beer or Coke?

你想要哪一個？啤酒還是可樂？

Which do you like, ham or sausage?

妳比較喜歡火腿還是香腸？

Which is Ann's, this or that?

哪一個是安的？這個還是那個？

Which does he prefer, drive or fly?

他比較喜歡開車還是搭飛機？

Which do you like, carpet or tile?

你比較喜歡鋪地毯還是磁磚？

Is your bag red?—Yes, it is.

你的包包是紅色的嗎？─是的

Is your bag red or black?—It's red.

你的包包是紅的還黑的？─是紅的。

分析

上句是一般的疑問句。要問的是「你的包包是紅色的嗎？」。

下句比上句多了後面的「or black」，這就變成了「你的包包是紅的還黑的？」的意思了。

15 各種否定句 (1)

主詞	副詞	動詞	受詞	········語順
話題	否定	行為	對象	········單字任務

He never drinks tea.

他從來不喝茶。

Point **1** 不用 not 也能表示否定的意思。如把副詞 never 放在動詞的前面，就有「絕對沒有…」，表示強烈否定的意味。

I'll never forget you.
我永遠不會忘記你！

She never goes fishing.
她從沒釣過魚。

It is never too late to learn.
學習永遠不嫌晚。

Never give up.
絕對不要放棄！

You should never break your promise.
你永遠都不該違背你的承諾。

not跟 very（非常）, always（總是）, all（全部的）, every（每一個）一起使用，就有「不是全部…」部分否定的意思。

I don't like the story very much.

我不怎麼喜歡這個故事。

Patty didn't like you very much.

派蒂以前不怎麼喜歡你。

Iris is not always right.

艾瑞絲不全都是對的。

He doesn't like all his teachers.

他不喜歡某些老師。

Every man can not be an artist.

不是所有的人都能成為藝術家。

He doesn't drink tea.

他不喝茶。

He never drinks tea.

他從來不喝茶。

 doesn't放在動詞原形 drink（喝）的前面，這是一般的否定句。
下句的動詞比上句多加了 s是 drinks，前接的副詞 never（從不）有強烈否定的意味。

16 各種否定句（2）

先看圖表

主詞	動詞	否定詞	名詞	········語順
話題	說明	否定	對象	········單字任務

I   have   no   time.

我沒有時間。

hurry up!!

Point 1 用形容詞的 no也可以表示否定。用《no+名詞》就有「一點…也沒有」、「一個…也沒有」的意思。no的後面，單複數都可以接。

I have no money.
我沒錢。

I have no sisters.
我沒有姊妹。

This doll has no nose.
這洋娃娃沒有鼻子。

There was no water in the tank.
水塔沒有水了。

No pain, no gain.
一分耕耘，一分收穫。

用 nothing（無一物）, nobody（無一人）或 no one（無一人）也可以表示否定的意思。

I have nothing to do today.
我今天沒事做。

She knows nothing about music.
她對音樂一無所知。

Nobody answers the phone.
沒人接電話。

Nobody likes losing.
沒有人喜歡失敗。

No one knows the answer.
沒有人知道答案。

I don't have much time.
我沒有很多時間。

I have no time.
我沒有時間。

 上句在動詞 have前面有 don't來否定動詞，是一般的否定句。
下句 time（時間）前的 no表示否定的意味，也就是「沒時間」。

17 命令句 (1)

動詞原形 ──────── 名詞 ········語順
　行為 ──────── 對象 ········單字任務
　↓ 　　　　　　　 ↓

Clean　your room.
去打掃你的房間。

Point **1**　命令對方說：「你過來」等句子叫命令句。命令句不用主詞，用動詞原形開始。

Listen to me.
聽我說！

Shut up!
閉上嘴！

Come here!
過來！

Sit down, please.
請坐下！

Please write to me.
請寫信給我！

168

表示「別做…」的否定命令文，要把 Don't 放在句首，形
式是《Don't+動詞原形…》。

Don't worry.
別擔心。

Don't drink this milk.
別喝這牛奶。

Don't be late again, George.
喬治，別再遲到了。

Please don't be noisy.
請不要吵。

Please don't go there.
請不要去那裡。

You clean your room.
你打掃你的房間。

Clean your room.
去打掃你的房間。

 上句是以 You為主詞的一般句子。You clean是「你打
掃」的意思。
下句把主詞 You拿掉，就變成命令對方說「打掃你的房
間」的意思了。

18 命令句 (2)

讓 　　動詞原形　　　受詞　……語順
　　　　行為　　　　　對象　……單字任務

Let's sing the song.
我們來唱這首歌吧！

Point **1** 用《Let's+動詞原形…》（讓…吧）形式，是提議對方做某事的說法。回答好用「Yes, Let's.」；回答不好用「No, let's not.」。

Let's go!
走吧！

Let's play tennis.
我們來打網球吧！

Let's take a photo.
我們來拍張照吧！

Let's run in the park.
我們到公園跑步吧！

Let's go to the zoo, kids.
孩子，我們去動物園吧！

命令句是用動詞原形為句首，所以 be動詞的命令句就是用 Be來開頭，表示「要…」的意思。否定的命令句，也是在 be動詞的前面接 Don't。

Be a good boy.
當個乖孩子。

Be quiet.
安靜點。

Be kind to animals.
要善待動物。

Don't be silly.
別傻了。

Don't worry, be happy.
別擔心，開心點。

Sing the song.
唱這首歌。

Let's sing the song.
我們來唱這首歌吧！

 上句是以 Sing為開始的命令句。
下句前面多了 Let's，表示自己也包括在內「讓我們…吧」的意思。這是「邀約對方」的說法。

19 感嘆句（1）

感嘆詞	形容詞	名詞	‥‥‥語順
多麼…	狀況	關連內容	‥‥‥單字任務

What a beautiful flower that is!

好美的花呀！

Point 1　用《What (+a〔an〕)+形容詞+名詞》開始的句子，然後再接《主詞＋動詞！》，就是表示強烈的喜怒哀樂的情緒或感情的句子，意思是「真是…啊！」。

What a beautiful lady!
那淑女好美喔！

What a tall boy he is!
好高的男孩喔！

What a good swimmer he is!
他游得真好！

What big shoes they are!
好大雙的鞋子喔！

What a kind girl she is!
她真是個好女孩！

Point **2** 　這種表示強烈感情的句子叫「感嘆句」。感嘆文句尾要用驚嘆號「！」。感嘆句常省略主詞和動詞。

What a funny boy（he is）！
多麼有趣的男孩啊！

What a tall lady（she is）！
好高的小姐喔！

What a large garden（it is）！
好大的花園喔！

What a surprise（it is）！
多麼驚奇啊！

What a beautiful day（it is）！
多美好的一天啊！

That is a very beautiful flower.
那是朵很美的花。

What a beautiful flower that is!
好美的花呀！

分析　上句的形容詞 beautiful有副詞 very來加以強調。
下句用 What a（多麼…）這樣的特別的說法，來表示說
話人強烈的感情。

20 感嘆句（2）

感嘆詞	形容詞	主詞	動詞	·········語順
程度	狀況	話題	狀態	·········單字任務
↓	↓	↓	↓	

How fast he is!

他跑得真快！

Point 1 用《How+形容詞+主詞+動詞！》表示「多麼…啊！」的
意思。這時候 How的後面不接 a。

How lucky he is!
他真幸運啊！

How tall you are!
你真高啊！

How lucky we are!
我們好幸運喔！

How interesting this book is!
好有趣的書呀！

How wonderful it is!
那真是太好了！

How的感嘆句，有時後面不是接形容詞，而是接副詞。用
《How+副詞+主詞+動詞》，表示「多麼…啊！」。

How fast he runs!
他跑得真快啊！

How strange he behaves!
他的行為好怪！

How perfect she dresses!
她穿得真好！

How difficult this task is!
這個任務真難！

How well your sister plays the piano!
你姊姊鋼琴彈得真好！

He is very fast.
他跑得很快。

How fast he is!
他跑得真快！

上句的形容詞 fast 有副詞 very 來強調。
下句是以 How為首的感嘆句，表示「多麼…啊！」的意
思。

1 比較──比較級的用法（1）

主詞	動詞	形容詞+er	介系詞	受詞	⋯⋯語順
A	說明	比較級	記號	B	⋯⋯單字任務

I am taller than you.

我比你高。

Point **1** 表示比較的形容詞叫「比較級」。用《比較級形容詞 +than⋯》來比較兩者之間，意思是「⋯比⋯為⋯」。比較級一般是在形容詞的詞尾加 -er。比較的對象前用 than ⋯表示。

I am shorter than you.
我比你矮。

Jack is smarter than Pat.
傑克比派特聰明。

The dog is bigger than the cat.
這隻狗比那隻貓大。

They are younger than you.
他們比你年輕。

The English test is easier than the math test.
英文試題比數學簡單。

副詞也可以和形容詞一樣形成比較級。用《副詞的比較級 +than…》表示「比…還…」的意思。副詞比較級的作法 跟形容詞一樣。

The train runs faster than my car.

那輛火車跑得比我的車子快。

I can walk farer than you.

我可以走得比你還遠。

Ohlin studied harder than Nelson.

歐林比奈爾森學習努力。

Tina can think deeper than you.

提娜比你想得更深入。

You can't drive slower than me.

你不可能開得比我慢。

I am tall.

我很高。

I am taller than you.

我比你高。

 上句在 be動詞 am的後面有形容詞 tall，表示「…高」的 意思。
下句並不是單純的形容「高」，而是「比你高」的比較用 法。這時候 tall要變成 taller。

2 比較—比較級的用法（2）

主詞	動詞	形容詞	介系詞	受詞	⋯⋯語順
A	說明	比較級	記號	B	⋯單字任務

My watch is more expensive than yours.
我的錶比你的還要貴。

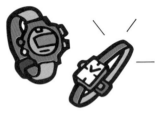

Point 1 形容詞或副詞比較長的時候，前面接 more就形成比較級了。形式是《more+形容詞或副詞+than⋯》。

Health is more important than wealth.
健康比財富更重要。

Lara is more beautiful than Patty.
萊拉比派蒂更美。

His notes are more complete than mine.
他的筆記比我的更完整。

Bill has more confidence than any other people.
比爾比任何人都有自信。

Steel is more sustainable than wood.
鋼鐵比木頭更耐用。

比較句中也可以省略 than…的部分。這是用在不必說出 than…，也能知道比較的對象時。

He is bigger.
他比較大。

I like red better.
我比較喜歡紅的。

This book is cheaper.
這本書比較便宜。

Run faster.
跑快一點。

Please speak more slowly.
請講慢一點。

My watch is expensive.
我的錶很貴。

My watch is more expensive than yours.
我的錶比你的還要貴。

 上句是使用形容詞 expensive（貴）的句子。
下句是「比你的貴」的比較句。只是 expensive後面並不
是接 -er，而是前面接 more。

3 比較—最高級的形成（1）

主詞 動詞 　　 形容詞 　　　 三者以上 ⋯⋯⋯語順
話題 說明 　　 最高級 　 在 　　 之中 ⋯⋯⋯單字任務

I am the tallest in my class.
我是班上最高的。

Point 1 三者以上的比較，表示「最⋯的」的形容詞叫「最高級形容詞」。而在其前面加定冠詞 the，成為《the+最高級形容詞》的形式。最高級一般在形容詞詞尾加 -est。

John is the tallest of the three.
約翰是三人之中最高的。

She is the youngest of us all.
她是我們當中最年輕的。

He is the best singer in the competition.
他是比賽中最好的歌手。

It is the largest orange of the all.
這是這當中最大的柳橙。

You were the smartest student in high school.
你是高中最聰明的學生。

2

副詞也可以和形容詞一樣，形成最高級副詞。用《the+最高級副詞》表示三者以上之間的比較「最…」的意思。最高級副詞的作法跟形容詞一樣。這時候，the常有被省略的情況。

Mike runs the fastest in his class.

麥克是全班跑得最快的。

He can dive the deepest in the ocean.

他能潛到海裡最深的地方。

Oliver studies the hardest in his class.

歐立弗是全班唸書最認真的一個。

Kat sang the loudest in the chorus.

凱特在合唱團裡唱最大聲。

Mary thinks the deepest of the girl in her age.

瑪莉在同年齡的女孩中思慮最周到的。

I'm tall.

我很高。

I'm the tallest in my class.

我是班上最高的。

上句是使用形容詞 tall（高）的句子。
下句不是單純的說「高」，而是「班上最高」的最高級的表達方法。這時候，tall要變成 tallest，然後前面再接 the。

4 比較──最高級的形成（2）

主詞 動詞　　　　　　　　　　　三者以上　……語順
A　 說明　　　最高級＋形容詞　 在　　　 之中 …單字任務
↓　　↓　　　　　↓　　　　　　　↓　　　　↓

Mary is the most beautiful in my class.
瑪莉是全班最美的。

Point **1** 形容詞或副詞比較長的時候，前面接 most就形成最高級了。形式是《the most+形容詞或副詞》。

This book is the most difficult of the three.
這本書是三本中最難的一本。

She is the most important people for me.
對我而言她是我最重要的人。

The bag is the most expensive one in the store.
那包包是全店最貴的一個。

Christ is the most famous rock star in the world.
克斯特是全世界最有名的搖滾明星。

The dog is the most adorable animal.
狗是最可愛的動物。

最高級形容詞也可以用來修飾複數名詞，用《one of the+ 最高級形容詞+名詞》表示「最好的…之一」。這是使用最高級，常用的說法。

This is one of the tallest buildings in Beijin.
這是北京最高的大廈之一。

He is one of the richest people in the world.
他是全世界最有錢的人之一。

New York is one of the biggest cities in the world.
紐約是全世界最大的都市之一。

Jack is one of the strongest in his class.
傑克是班上體格最壯的人之一。

Rita is one of the most important players in this basketball game.
瑞塔是這場籃球比賽中最重要的球員之一。

Mary is beautiful.
瑪莉很美。

Mary is the most beautiful in my class.
瑪莉是全班最美的。

 上句是使用形容詞 beautiful（美麗）的句子。
下句是「全班最美」的最高級的表現方式。只是 beautiful 後面不接 -est而是前接 most。

1 現在完成式的用法─完了‧結果（1）

主詞	動詞	過去分詞		名詞	⋯⋯語順
話題	剛做完的行為			對象	⋯⋯單字任務

She has finished her homework.
她已經完成她的作業。

![Point 1] 「現在完成式」是用來表示，到現在為止跟現在有關的動作或狀態。用《have / has+過去分詞》的形式。現在完成式含有「過去＋現在」的語意，常跟just（剛剛）連用，表示剛做完的動作，意思是「（現在）剛⋯」。

I have just finished my work.
我剛完成我的工作。

I have just eaten the cake.
我才剛吃完蛋糕。

She has written the letter.
她剛寫完信。

Mary has just called.
瑪莉剛剛才打電話來。

Have you just arrived?
你剛到嗎？

現在完成式還表示動作結束了，而其結果現在還留的狀態。意思是「（已經）…了」。

I have lost my pen.
我弄丟了筆。

I have got a cold.
我著涼了。

I have got a new job.
我找到一份新工作。

My mother has bought a new car.
我媽媽買了一輛新車。

He has already arrived.
他已經到了。

She finished her homework.
她完成了她的作業。

She has finished her homework.
她已經完成她的作業。

> 上句是單純地表示過去事實的句子。動詞 finished（完成）是 finish的過去式。
> 下句的 has finished是「現在完成式」的說法。表示作業剛剛已經完成了。

2 現在完成式的用法—完了‧結果（2）

先看圖表

主詞	否定詞	過去分詞	受詞	副詞 ⋯⋯⋯語順
話題	行為還沒做		對象	狀況 ⋯⋯單字任務

I haven't eaten breakfast yet.

我還沒吃早餐。

Point **1**　動作「完了　結果」用法的否定句，常用副詞 yet，表示
　　　動作還沒有完成。意思是「還沒⋯」。

I have not seen the movie yet.
我還沒去看那部電影。

She has not come yet.
她還沒來。

I have not spoken to him yet.
我尚未和他說過話。

I have not met him yet.
我還沒見過他。

I have not had lunch yet.
我還沒吃午餐。

動作「完了、結果」用法的疑問句，常用副詞 yet，來詢問動作完成了沒有。意思是「（已經）做了…沒？」。

Have you had lunch yet?
你吃過午餐了嗎？

Has it stopped raining yet?
雨停了沒有？

Has he gotten to work yet?
他上班了沒有？

Has our repairman finished yet?
我們的修理工修好了沒有？

Have the Cowboys scored yet?
『牛仔隊』得分了沒有？

比較一下

I have **already eaten** breakfast.
我已經吃早餐了。

I haven't **eaten** breakfast **yet**.
我還沒吃早餐。

分析

上句是表示「完了 結果」的現在完成式。have eaten是「吃過了」的意思。這裡的 eaten是過去分詞。
下句是上句的否定句，表示「還沒有吃」的意思。這時候的副詞 already要改成 yet，而且位置也移到句尾。

3 現在完成式的用法──繼續（1）

先看圖表

主詞	動詞	過去分詞	名詞	副詞	‥‥‥‥語順
話題		行為繼續	場所	自‥‥‥‥時間	‥‥‥單字任務

I have lived here since 1995.

我從1995年就住在這裡。

Point 1　現在完成式，用來表示從過去繼續到現在的動作或狀態。意思是「（現在仍然）…著」。這時候常跟表示過去已結束的某一期間的 for（…之久），或表示從過去某時起，直到說話現在時的 since（自…以來）連用。

She has lived in Taipei for six years.

她住在台北已經六年了。

We have studied English for two years.

我們學英語已經學二年了。

We have dated for three years.

我們交往已經有三年了。

I have been busy since then.

我從那時以來就一直很忙。

I have studied since ten o'clock.

我從10點就一直唸書。

表示「繼續」的用法時，be動詞也可以成為現在完成式。
be動詞的過去分詞是 been。

I've been busy since yesterday.
從昨天開始我就很忙了。

I've been in the backyard.
我一直都在後院裡。

I've been looking for my lost purse.
我一直在找我遺失的錢包。

What's he been doing since then?
從那時以後，他都在幹什麼？

Where have they been staying?
他們都住在哪裡？

I live here.
我住在這裡。

I have lived here since 1995.
我從1995年就住在這裡。

 上句是敘述現在的事實「我住在這裡」的句子。動詞 live
（住）是現在式。
下句是「現在完成式」用 have lived表示從過去繼續到現
在的動作。

189

4 現在完成式的用法─繼續（2）

疑問詞	形容詞	動詞	主詞	過去分詞	副詞	………語順
多久		說明	話題		目的地	…單字任務

How long have you been here?
你來這裡多久了？

Point 1　現在完成式的疑問句可以用 How long開頭，來詢問繼續的
「期間」。這時候要用 For…或 Since…來回答。

How long have you studied?
你看書看多久了？

How long have you worked here?
你在這裡工作多久了？

How long have you lived here?
你住在這裡多久了？

─For ten years.
已經十年了。

─Since 1987.
從1987年就（住這裡了）。

「繼續」用法的否定句，表示「（現在仍然）沒有…」的意思。

I haven't seen him for a long time.
我已經好久沒看到他了。

You haven't finished your dinner.
你還沒吃完晚餐。

I haven't seen Tom this morning.
我今天早上還沒看見湯姆。

They haven't found out yet.
他們還沒發現。

I haven't seen that movie.
我還沒看過那部電影。

I have been here for two hours.
我已經來了兩個小時。

How long have you been here?—For two hours.
你來這裡多久了？兩個小時。

[分析]
上句是表示「繼續」的現在完成式。for two hours（兩個小時）表示持續的「期間」。
下句是上句的表示「繼續」的現在完成式的疑問句。用 How long（多久）來開頭。

5 現在完成式用法──經驗（1）

Point **1**
表示從過去直到現在為止的經驗，意思是「（到現在為止）曾經…」。這時候常跟twice（兩次），once（一次），before（從前），often（時常），…times（次）等副詞連用。

I've read the book twice.
這本書我已經看兩次了。

I've been there once.
我曾經去過那裡一次。

He has already been there before.
他之前就去過那裡了。

John has gone to Japan often.
約翰常去日本。

Jane has tried giving up smoking for many times.
珍試著戒了很多次的煙。

「經驗」用法的否定句，常用 never（從未…，從不
…）。

I have never seen him.

我從來沒看過他。

I have never been to Hong Kong.

我從來沒有去過香港。

He has never ridden on a bike.

他從來沒有騎過腳踏車。

I've never met any movie stars before.

我從來沒有見過電影明星。

Laura has never gone to a movie alone.

蘿拉從來沒有單獨去看過電影。

I visited Canada.

我拜訪過加拿大。

I've visited Canada four times.

我已經拜訪加拿大四次了。

分析

上句是單純地敘述「我拜訪過加拿大」這一過去事實的句
子。
下句是敘述「（到現在為止）拜訪加拿大四次」，這一從
過去直到現在為止的經驗。

6 現在完成式用法—經驗（2）

動詞	主詞	副詞	過去分詞	受詞	⋯⋯語順
行為	話題	頻度		對象	⋯⋯單字任務
↓	↓	↓	↓	↓	

Have you ever seen the bird?

你看過那隻鳥嗎？

Point 1　　詢問「經驗」的現在完成式疑問句，常用副詞 ever（曾經）。ever要放在過去分詞的前面。

Have you ever seen him?

你看過他嗎？

Have you ever visited Nara?

你參觀過奈良嗎？

Have you ever tried Stinky Tofu ?

你吃過臭豆腐嗎？

Have you ever seen the bird?

你看過那種鳥嗎？

Has he ever been to Korea?

他去過韓國嗎？

可以用 How many times或 How often做開頭，成為現在完成式的疑問句，來詢問「曾經做過幾次」。

How many times have you seen the movie?
你看過這部電影幾次？

How many times have I told you?
我跟你說過幾次了？

How many times has he met you?
他遇到你幾次了？

How often has he cleaned his room?
他有多常清理自己的房間？

How often have we gone shopping?
我們多久逛一次街？

I have seen the bird.
我看過那隻鳥。

Have you ever seen the bird?
你看過那隻鳥嗎？

分析

上句是表示「經驗」的現在完成式。
下句是疑問句。以 Have開頭，然後接主詞 you。表示「經驗」的現在完成式疑問句，常用副詞 ever（曾經）。

1 介系詞的功能及意思（1）

先看圖表

| 主詞 | 動詞 | 副詞 | 介系詞 | 名詞 | ……語順 |
| 話題 | 行為 | 目的地 | 某日等 | 時間 | ……單字任務 |

↓ ↓ ↓ ↓ ↓

We'll leave here on Monday.

我們會在星期一離開這裡。

Point 1

介系詞是放在名詞或名詞相當詞之前，來表示該名詞等和句中其他詞之間的關係的詞。at用在表示時間上的一點，如時刻等；in表示較長的時間，用在上下午、週、月、季節及年等；on用在日期或某日上下午等。

He was born in 1865.

他是1865年生的。

We can meet in the afternoon.

我們可以下午見面。

It is hard to find wild animals in winter.

冬天很難見到野生動物。

The TV program begins at eight o'clock.

這電視節目八點開始。

We play jokes on our friends on April 1.

我們四月一號都會開朋友玩笑。

下面這些片語，要記住喔！

Ann gets up early in the morning.
安早上很早起床。

Patty came here in November.
派蒂是十一月到這裡的。

Don't burn the midnight oil at night.
晚上別熬夜。

He goes jogging on Sunday morning.
他星期天早上去慢跑。

I want to go home on Friday.
我想在星期五回家。

We'll leave here in 2008.
我們2008年會離開這裡。

We'll leave here on Monday.
我們會在星期一離開這裡。

分析

上句的 in是表示時間的介系詞。
下句的 on是用在特定某日或某上下午等，表示特定時間的介系詞。

2 介系詞的功能及意思（2）

先看圖表

主詞	動詞	受詞	介系詞	名詞	⋯⋯⋯語順
話題	行為	對象	繼續的終點	時間	⋯單字任務

We played basketball till noon.
我們打籃球打到中午。

 區分下列這些介系詞的不同：表示動作完成的期限 by（最遲在⋯以前），表示動作繼續的終點 until（直到）；表示期間 for，表示某狀態繼續的期間 during。

I'll finish my homework by seven o'clock.
我七點以前會寫完功課。

We watched TV until ten o'clock.
我們看電視看到十點。

She stayed in New York for a month.
她留在紐約一個月。

She kept crying during the speech.
演講時她一直哭。

We studied English till midnight.
我們唸英文唸到半夜。

用在一地點或比較小的地方 at（在），用在較大的地方 in（在）；緊貼在上面 on（在上面），中間有距離的在上面 above（在上）。under（在下面）在正下方。

The train stopped at the station.
火車停靠在火車站。

She was born in America.
她在美國出生。

Your cake is on the table.
你的蛋糕在桌上。

Our plane is flying above the clouds.
我們的飛機在雲上飛翔。

The cat is under the desk.
貓在桌子底下。

比較一下

We played basketball during noon.
我們在中午打籃球。

We played basketball till noon.
我們打籃球打到中午。

分析

上句用的 during，是表示某狀態繼續的期間。
下句的 till，是表示動作繼續的終點。

199

He is in the bedroom.
他在房間裡。

My skirts are in the closet.
我的裙子在衣櫃裡。

The ball is on the box.
球在箱子上。

He sat on the roof.
他坐在屋頂上。

The ball is under the box.
球在箱子下面。

He is diving under the sea.
他潛到海裡。

The ball is behind the box.
球在箱子後面。

Do not hide behind other people.
別躲在別人後面。

The ball is beside the box.
球在箱子旁邊。

He sat beside me.
他坐在我旁邊。

The balls are next to each other.
球在每個人的旁邊。

Pass the book to the one next to you.
把書傳給你旁邊的人。

The ball is in front of the box.
球在箱子前面。

Paul is standing in front of the tree.
保羅站在樹前面。

The ball is between the boxes.
球在兩個箱子中間。

Little baby sat between us.
小寶寶坐在我們中間。

I was at the department store.
我那時在百貨公司。

The book is at the top shelf.
那本書在最上層的架上。

I will be in Chicago.
我會去芝加哥。

He is in the building.
他在那棟樓裡。

The ball is above the box.
那顆球在箱子上方。

See above paragraph.
看上一段。

The ball is below the box.
球在箱子下面。

See below examples.
看下面的例子。

I good 英語 09

7天學會365天用的基礎英文法

2017年4月　初版　　　　　　　　　　　　（25K+MP3）

發行人 ● 林德勝

著者 ● 里昂

出版發行 ● 山田社文化事業有限公司
地址　臺北市大安區安和路一段112巷17號7樓
電話　02-2755-7622
傳真　02-2700-1887

郵政劃撥 ● 19867160號　　大原文化事業有限公司
網路購書 ● 日語英語學習網　http://www.daybooks.com.tw

總經銷 ● 聯合發行股份有限公司
地址　新北市新店區寶橋路235巷6弄6號2樓
電話　02-2917-8022
傳真　02-2915-6275

印刷 ● 上鎰數位科技印刷有限公司
法律顧問 ● 林長振法律事務所　林長振律師

書+MP3 ● 新台幣299元

ISBN 978-986-6924-77-4
© 2017, Shan Tian She Culture Co., Ltd.